AF140032

F.U. Ricardo

Doppelter Boden

F. U. Ricardo

Doppelter Boden

Ricardo, F.U.
Doppelter Boden
– 1. Aufl. – 2013
Herstellung und Verlag:
BoD - Books on Demand, Norderstedt (www.bod.de)
ISBN: 978-3-7322-4670-0

Doppelbödig, doppelzüngig, Doppelmoral, janus-köpfig – und wie die Ausdrücke immer auch heissen mögen, sie deuten darauf hin, dass in mancher Brust zwei Seelen leben, ohne dass man dabei gleich schi-zophren ist; dass manche sogar eine Art Doppelle-ben führen, und somit ein Teil ihres Seins eine Ko-mödie darstellt.

Ist dem wirklich so? In vielen, unendlich vielen Fäl-len schon, denn es entbehrt ja nicht eines gewissen Reizes, so zu leben. Wer aber als ehrliches oder viel-leicht einfach gestricktes Wesen endlich dahinter-kommt, betrogen worden zu sein, für den bricht meist eine kleine oder gar grosse Welt zusammen!

1

Siegfried und Ellen Stark, ein in Zürich lebenes Ehepaar um die Vierzig, beide Einzelkinder, die ihre Eltern schon früh, viel zu früh verloren hatten, lachten lautstark und aus vollem Hals, als sie nach viel Schieben, Schleppen, Schuppsen, Heben und Prusten endlich das niedliche antike Möbelstück, einen Schreibtisch aus dem 17. oder 18. Jahrhundert, in ihrer Wohnung willkommen hiessen und meinten: „Wir sind eigentlich schon ein wenig verrückt! Erstens wissen wir nicht, ob dieses Prachtexemplar wirklich echt und aus der Zeit ist, und zweitens haben wir eigentlich gar keinen Platz dafür!

Aber die Intarsien, ja das ganze Möbel gefiel uns so gut, dass wir nicht immer daran vorbeigehen konnten. Ausserdem war es nach ein wenig Handeln wie auf einem orientalischen Basar preislich so günstig in jenem Trödlerladen, dass wir es einfach erstehen mussten. Was aber schmeissen wir jetzt fort, dass dieses Meisterwerk seinen gebührenden Platz erhält?“

„Am besten den fürchterlich modernes Schreibpult, an dem du mit deinem Laptop so oft sitzt, um dir die Freizeit um die Ohren zu schlagen!", erklärte Ellen. „Einverstanden?"

„Gewiss, mein Liebling. Stellen wir diesen modernen Esel, wie du ihn oft genannt hast, doch vor die Tür unseres Hauses auf den Bürgersteig. Bestimmt ist er morgen früh schon weg, von einem Studenten oder von jungen Leuten mitgenommen, die kein Geld haben und sich der Moderne restlos verschrieben haben! War dies nicht vor zwei Jahren mit unserer alten Polstergruppe auch so?"

„Ja, aber die war noch gut, und wir hätten noch keine neue gebraucht. Diese war auch nicht modern, sondern eher zeitlos!"

„Gewiss, doch die Spuren unserer Katze waren daran nicht mehr zu übersehen! Darum wurde diese wenig später wohl auch zur Strafe von einem Linienbus überfahren!"

„Sei ruhig, du Scheusal. Ich habe unseren Peter geliebt und ihn lange sehr vermisst und sogar nachgeweint!"

„Ja, vielleicht mehr, als wenn ich überfahren worden wäre!", lachte Siegfried weiter.

„Jetzt reicht es aber. Auf und pack den modernen Esel von einem Schreibtisch auf deine Schultern. Hoffen wir, dass ihn wirklich jemand mit Geschmacks-verirrung beachtet und mitnimmt!"

„Über Geschmack lässt sich bekanntlich streiten!"

„Ja, doch das ist endlos. Komm, wir feiern lieber unser neues und antikes Stück. Weißt du, was jetzt eigentlich noch darüber an die Wand gehört? Ein alter Stich von Zürich, als dieses noch so viele Bewohner hatte wie heute ein mittleres Dorf!"

„Und dafür ein Vermögen kostet!"

„Wir wollen uns umsehen! Vielleicht haben wir ja nochmals Glück!"

14

2

Das immer noch wie am ersten Tag verliebte Paar wohnte an einer ruhigen Nebenstrasse, doch unweit eines bekannten Platzes in einer mittelprächtigen Vierzimmerwohnung in Zürich, und zwar zu einem Mietzins, der darauf schliessen liess, dass der Eigentümer der Liegenschaft wenig oder keine Ahnung hatte von der stetig steigenden Wohnungsnot in Zürich.

„Vielleicht wohnt er in einem alten Bauernhaus in einem Seitental im Wallis oder im hintersten Kanton ‚Gibt-es-nicht', dort, wo nur noch Gämsen und Murmeltiere einander ‚Gute Nacht' sagen. Sonst müssten gewiss die Mieten auch hier markant ansteigen. Vielleicht lebt er auch in Thailand oder auf einer fernen Insel, und sein Treuhänder schläft oder ist ein alter Mann. Aber malen wir den Teufel nicht an die Wand, das kann sich morgen schon ändern!"

„Ellen, woher stammt denn nun unser altes und schönes Schreibpult wirklich? Du hast doch den Verkäufer noch eingehend gefragt!", meinte Siegfried etwas ausser Atem, als er von der Strasse in die dritte Etage zurückkehrte. Einen Lift kannte man in diesem Haus natürlich nicht.

„Er meinte, aus einer älteren Villa am Zürichberg, die vermutlich demnächst abgerissen wird. Die alte Dame, die noch dort wohnte, ist im hohen Alter verstorben, und die Erben wollen die Gunst der Zeit nutzen und dort etwa vier oder fünf sündhaft teure Eigentumswohnungen erstellen lassen. Sie wittern das grosse Geld.“

„Nun ja, so haben wir auch etwas ‚Zürichberg’ in unserem Heim!“, lachte Siegfried. „Mal schauen, ob das alte Ding auch praktisch ist und genutzt werden kann!“ Er fingerte eine Zeitlang an allen Schubladen herum, bis er plötzlich aufschrie und etwas zu laut für die dünnen Wohnungswände brüllte:

„Ellen, Donnerwetter, guck mal, hier habe ich einen doppelten Boden entdeckt in einer der Schubladen. Ich glaube, das Ding ist hundert oder mehr Jahre nicht mehr geöffnet worden! Alles ist voller Staub und riecht sehr alt und etwas muffig und verrottet!“

„Du bist aber nicht betrunken? Es ist ja erst vier Uhr am Nachmittag. Was willst du denn entdeckt haben, das da hundert oder mehr Jahre geschlafen hat?“

„Komm und schau dir das mal an!", rief Siegfried, immer mehr aufgeregt.

„Wie konntest du denn dieses Versteck öffnen? Und was liegt da drin?"

„Hier in der Ecke, ganz versteckt, ist ein kleiner Druckmechanismus aus Holz eingebaut, der bei einer bestimmten Berührung den oberen Boden teilweise beiseite schiebt. Und hier drin, in diesem kleinen Fach, liegen meines Erachtens ganz alte Goldmünzen und einige kleine Schriftstücke, in französischer Sprache. Welch ein Fund! Aber bitte sagen wir zu niemandem ein Wort. Wir wollen in aller Stille abklären, um was es sich hier handeln könnte!"

„Vielleicht werden wir damit reich oder sogar berühmt!", lachte Ellen nun auch ganz übermütig. „Das alte Wort gilt immer noch, dass die dümmsten Bauern die grössten Kartoffeln besitzen. Und weißt du, warum? Weil sie die kleinen Kartoffeln zuvor teuer verkauft haben!"

„Zuerst kaufe ich mir ein Buch über alte Goldmünzen, um hier etwas klüger zu werden!"

„Ja, aber pass nur auf, dass dieses Buch nicht teurer ist als der Wert all dieser Münzen hier!", riet Ellen ganz aus dem Häuschen. „Gewiss gab es damals schon Fälschungen!"

3

Es handelte sich wohl um russische Münzen, denn die kyrillische Schrift liess dies vermuten, sowie auch um österreichische und französische Goldmünzen, etwa zweihundert Jahre alt, deren Wert man nur erahnen und erhoffen konnte, der aber gewiss für diese seltenen und unbekannten Stücke unter Sammlern um die 50'000 oder 100'000 Franken bedeuten konnte, denn von jedem Land waren genau zehn Stück vorhanden.

Die zum Teil verblasste Tinte auf dem alten, ziemlich rauen und bräunlichen Papier, das schon zerbröselte, wenn man es ungeschickt in die Hand nahm, war unleserlich, selbst für Französischsprachige wie die Starks. Ein Restaurator des Landesmuseums Zürich, den sie gut kannten, übersetzte ihnen notdürftig, was er noch entziffern konnte. Von den gefundenen Goldmünzen erzählte Siegfried dem Mann natürlich nichts. Und er hoffte auch inständig, dass darüber nichts Ausführliches in den alten Aufzeichnungen stand.

Nun, es handelte sich um Liebesschwüre eines französischen Oberst, der einige Zeit in Zürich stationiert war, und zwar im Jahre 1799, also vor weit über 200 Jahren, und der sich in ein hübsches Zürcher Mädchen verliebte, bevor er dann zum grossen Russlandfeldzug unter Kaiser Napoleon aufbrach, von dem er, wie unzählige andere, wohl nie mehr zurückkehrte.

Das Pult oder, wie man damals wohl eher sagte, der Schreibtisch, stand offenbar in seinem Offizierszelt, als die Armeen Frankreichs Europa überrannten, so auch Zürich, bis der Offizier bei einer Madame Bourgier im Gebiet von Zürich-Fluntern unterkam und seine wichtigsten Utensilien des Zeltes in deren Villa verlagern konnte. Dort wollte er nach dem Russlandfeldzug zurückkehren und Madame Bourgiers Tochter Natalie heiraten.

Wie der Herr Oberst zu den eigenartigen Münzen gekommen war, erwähnte er zum Glück in den alten Papieren mit keinem Wort. Kriegsbeute, also gestohlen? Vermutlich schon! Monsieur le Colonel Victor de Graffenried stammte aus noblem Geschlecht der Grande Nation, Stadt zwar unbekannt und nirgends erwähnt, aber es musste für die bürgerliche Natalie damals schon ein Wunder gewesen sein, von so einem hohen Herrn zur Braut erkoren zu werden. Hoffen wir nur, dass der Herr Oberst nicht in jeder Stadt so eine Braut zurückgelassen hatte. Aber so viele

Schreibtische besass ja auch ein französischer Colonel der Grande Armée Napoleons gewiss nicht.

Siegfried und Ellen studierten nach ihrem Fund eingehend die Geschichte der Schlacht von Zürich und dann natürlich auch des grossen Russlandfeldzuges. Dabei staunten sie ehrlich, dass heutzutage eigentlich niemand mehr etwas Konkretes über jene bewegte Zeit wusste oder wissen wollte, ausser an Geschichte interessierte Menschen.

Der sogenannte Koalitionskrieg in Zürich, die Schlacht von Zürich im Jahre 1799 war nur kurz, aber gewiss sehr heftig. 30'000 Franzosen standen 40'000 Österreichern und Russen gegenüber. Insgesamt zählte man über 5'000 Tote, und wie immer bei solchen Auseinandersetzungen Hunger, Verwüstung, Diebstahl und Hass bei der Zivilbevölkerung. Gesiegt hatten hier die Österreicher. Umso erstaunlicher war darum, dass der französische Oberst nach der Schlacht noch einige Zeit hier geblieben war. Hatte er wohl einfach seine Uniform ausgezogen und versteckt oder gar verbrannt?

Gegenüber dem Russlandfeldzug gut zehn Jahre später war das Ereignis von Zürich und Umgebung allerdings nur ein Geplänkel. Als die Grande Armée am 24. Juni 1812 die Grenze zu Russland überschritt, zählte diese um die 600'000 Mann, darunter sogar etwa 8'000 Schweizer. Nach dem Brand von

Moskau und dem katastrophalen Rückzug kam nur noch ein Bruchteil der Soldaten zu Hause an. Es spielten sich unbeschreibliche und grauenhafte Dramen ab. Wie nahe können sich Ruhm und Spott, Glanz und Elend sein!

„Jeder, der Russland angriff, ging kaputt. Das Land ist einfach unbeschreiblich weit und gross, und das Wetter kann auch jeden Angreifer zum Verzweifeln bringen. Später hatte dies Hitler auch erlebt, obschon seine Armee um ein Vielfaches grösser, etwa drei Millionen Mann, und hundert mal schneller war wie die Napoleons. Aber trotz Panzern und Flugzeugen, die die Distanzen zusammenschrumpfen liessen, wurden auch seine Armeen geschlagen."

„Ja, doch heute gilt dies alles auch nichts mehr, wenn man mit einem Knopfdruck Raketen startet, die in kürzester Zeit 10'000 Kilometer zurücklegen und mit einem Knall alles weit herum pulverisieren und verseuchen!"

„Die Menschheit ist einfach verrückt und lernt nie aus der Geschichte. Zum Glück leben wir hier in einem kleinen Land!"

„Auf das aber gewiss auch solche Raketen gerichtet sind! Doch was anderes: Sollen wir mal zu einem Numismatiker gehen und einen Teil der Münzen schätzen lassen? Hier in Zürich oder besser noch in Wien oder Paris?"

„Ja, nicht nur zu einem. Konkurrenz belebt bekanntlich das Geschäft. Nur, das Herumreisen mit antiken Goldmünzen ist heute etwas gefährlich. Bleiben wir zunächst also damit mal in der Schweiz. Es gibt auch hier reiche Russen und Franzosen!"

„Gut, beginnen wir in Zürich!"

Der erste Numismatiker bekam glänzende Äuglein, als er je eine der Münzen sah, und fragte: „Wie kamen Sie denn in den Besitz dieser vermutlich sehr seltenen Stücke? Ich sah solche noch nie!"

„Das ist hier nicht wesentlich. Haben Sie Interesse? Dann machen Sie ein Angebot. Wir werden aber selbstverständlich auch noch weitere Offerten einholen!"

„Ich mache Ihnen gewiss das beste Angebot der ganzen Schweiz. Sie wissen ja, der Goldpreis ist jetzt sehr hoch!"

„Es geht hier nicht um den hohen Goldpreis, sondern um die Seltenheit dieser alten Münzen, für die ein angefressener Sammler ein kleines Vermögen hinblättern wird!"

„Kann sein. Aber um diesen zu finden, dazu brauchen Sie einen versierten und bekannten Numismatiker mit Beziehungen in den entsprechenden Ländern!"

„Kann sein, kann aber auch nicht sein! Man muss nur am rechten Ort anbaggern!"

„Wie denn?"

„Das fragen Sie mich, als Fachmann? Also, ich warte auf Ihre Offerte. Vielleicht auf Wiedersehen. Hier die Anschrift von unserem Geschäft für Antiquitäten an der bekannten Schipfe an der Limmat. Wir sind allerdings nicht immer in Zürich!"

Säuerlich nahm der Numismatiker die Karte entgegen, während Ellen Siegfried beim Hinausgehen zuflüsterte: „Das hast du grossartig gemacht, mein Lieber! Mensch, du kannst ja schummeln und betrügen! Es ist schon etwas dran: Reichtum verdirbt gewisse Leute. Ich muss viel mehr auf dich aufpassen, damit du das nicht auch mit mir machst!"

„Was? Dich verderben? Mädchen, du hast mir die Liebe beigebracht!"

„Und nun fürchte dich gefälligst vor der Rache einer betrogenen Ehefrau!"

„Mach ich, und zwar mit Vergnügen. Was sollte ich denn für ein Idiot sein, dich zu betrügen? Mit wem denn? Ich habe ja den süssesten Fratz von ganz Europa bei mir!"

„Es gibt aber nicht nur Europa!"

„Ach weißt du, die anderen Gebiete interessieren mich wenig!"

„Eleganter Lügner!"

4

Die zwei nahmen spontan eine Woche Urlaub und reisten kurzfristig nach Paris. Sie vermuteten bei der Grande Nation doch noch einige Sammler mehr in Sachen Goldmünzen als in Wien oder Zürich, und sie sollten sich darin nicht täuschen. Auch wenn durch ihre Aktivitäten einige kuriose und sogar kriminelle Subjekte oder Objekte auf sie aufmerksam wurden.

Paris kannten Siegfried und Ellen noch ziemlich gut, denn sie unternahmen vor bald einmal fünfzehn Jahren ihre Hochzeitsreise in die Stadt der Liebe, ohne viel Geld, aber mit viel Gefühl und Romantik und den Bauch voller Schmetterlinge. Das Wiedersehen mit all dem Charme, den grossartigen Bauwerken, den Champs-Elysées, dem Arc de Triomphe, dem Louvre, der Sacré Cœur, dem Invalidendom, dem Eifelturm, ihrer zwei oder drei Bistros am Montmartre und in anderen Gebieten, die Ile de la Cité mit der prachtvollen Notre Dame, das alles liess die beiden wieder schwelgen in Erinnerung an ihre Verliebtheit. Sie genossen die Tage erneut wie einst und liebten sich wie junge Leute, die die ganze verrückte und globalisierte und auch ungerechte Welt um sich vergassen. Na gut, sie waren ja auch erst um die Vierzig, also im besten Alter!

„Was meinst du, sollten wir nicht doch mal die Augen offenhalten und hier einen Numismatiker aufsuchen. In den Louvre können wir ja nicht gehen und dort nachfragen, ob sie Interesse an gewissen Stücken haben?", fragte Siegfried seine Ellen am dritten Morgen, als sie sich das Frühstück erneut aufs Zimmer servieren liessen. „In weiteren zwei Tagen geht nämlich unser Flug bereits wieder nach Zürich zurück!"

„Wir können den Rückflug auch auf später verschieben. Geniessen wir doch einfach Paris, *unser* Paris, wie damals. Ich hatte doch solche Sorge, schon schwanger zu werden bei unserem damaligen niedrigen Einkommen, denn vor lauter Eile und Verliebtheit vergass ich, die Pille zu nehmen. Und nun sind wir fünfzehn Jahre am ‚Üben und Bestellen', und nichts geschah oder geschieht. Gewiss ist Kinder zu haben ein grosses Geschenk. Aber das ist Gott sei Dank nicht unser einziger Lebensinhalt. Das haben wir uns gegenseitig bis heute genügend bewiesen."

„Ich hätte aber nichts dagegen, alles hier nochmals zu versuchen! Denken wir dabei einfach die Jährchen zurück und gehen wir ineinander auf!"

„Nicht nur zurückdenken, sondern den Augenblick geniessen. Komm, du Wüstling und Lüstling, nimm mich! Und ich fresse dich vor oder nach dem Liebesakt auf! Was hast du lieber?"

„Nun, lassen wir es darauf ankommen!"

Am Nachmittag, als im Hotel das Hausmädchen endlich auch ihr Zimmer und ihr Bett machen konnte, zeigten sie einem in Paris anscheinend bekannten Numismatiker, dessen Adresse sie von der Rezeption erhielten, drei dieser Münzen, der bei deren Anblick erstaunt innehielt und plötzlich sehr aufgeregt und höchst interessiert war. Er betrachtete die Stücke von allen Seiten mit einer grossen Lupe unter starkem Licht.

„Wollen Sie verkaufen? Dann muss ich allerdings Ihre Ausweise sehen. Sie sind gewiss keine Franzosen. Entschuldigung, aber ich höre das an Ihrer Aussprache. Ich spreche übrigens auch Englisch, Spanisch und Deutsch! Wie Sie wollen und wie es Ihnen beliebt!"

Siegfried meinte leise zu seiner Frau im schönen breiten Zürcher Dialekt: „Achtung! Unser Sekretär zu Hause ist doppelbödig, und der Kerl hier ist sehr geschliffen und vermutlich auch doppelbödig und doppelzüngig!"

Bevor der Mann irgendwelche Preisvorschläge machte, meinte er erstaunt: „Sie kommen aus der schönen Schweiz? Da hatten Sie aber Glück, dass Sie am Zoll nicht kontrolliert wurden. Mit solchen Münzen wären Sie bestimmt in grosse Schwierigkeiten gekommen!"

„Was deren Wert gewiss wesentlich erhöht", gab Siegfried lächelnd zurück. „Wieso bemerken Sie, woher wir kommen?"

„Wissen Sie, ich verkehre ab und zu auch in Zürich und Genf! Da bekommt man ein Ohr für Sprachen und Dialekte. Über einen möglichen Preis müsste ich mich mit den nötigen Fachstellen zuerst noch beraten und absprechen, denn diese Exemplare sind vermutlich sehr selten!"

„So tun Sie das, und zwar ziemlich schnell. Unser Aufenthalt an der Seine ist diesmal leider nur von kurzer Dauer."

„Ich darf gewiss Ihre Hoteladresse erfahren, damit wir jederzeit in Kontakt bleiben können?"

„Das wird schwierig. Wir wechseln die Hotels wie die Hemden, denn wir wollen Paris von allen Seiten kennenlernen. Aber wir wissen nun ja, wo *Sie* zu finden sind und schauen in ein oder zwei Tagen nochmals bei Ihnen vorbei! Wir erwarten dann gerne konkrete Angaben!"

„Darf ich die Münzen wenigstens mal fotografieren? Und darf ich fragen, wie und wo Sie zu diesen seltenen Stücken gelangt sind?"

„Nun, französische Truppen haben über vor zweihundert Jahren auch in der Schweiz gewütet, pardon gekämpft und dabei ihre Spuren hinterlassen. Das sieht man doch bis heute. Wir haben auch Kantone wie Frankreich, unsere Bürgersteige nennen wir Trottoir und unsere Gasthäuser Restaurants, unsere Währung ist immer noch der Franken, die Käppis unserer Offiziere gleichen denen von Frankreich und so weiter. Aus einem Nachlass einer reichen Dame stammen diese besonderen Münzen hier. Sie dürfen sie gerne fotografieren, dann aber nehmen wir sie wieder mit!"

„Ist das nicht viel zu gefährlich? Wissen Sie, in Paris gibt es raffinierte Diebe. Es ist hier nicht so friedlich wie in Zürich! In meinem Tresor sind die Münzen sicherer. Ich gebe Ihnen selbstverständlich eine schriftliche Bestätigung über den Empfang mit!"

„Nein! Wir besuchen noch andere Numismatiker hier. Sie wissen ja, Konkurrenz belebt das Geschäft!"

„Schade, aber auf Ihr eigenes Risiko!", murmelte der Mann sichtlich enttäuscht. „Ich muss nur mal schnell telefonieren und bin gleich wieder da!"

5

Monsieur Frédéric Grandjean war tatsächlich etwas doppelbödig und auch doppelzüngig, denn er rief einem Privatdetektiv an und beauftragte diesen, das Schweizer Ehepaar, das in wenigen Augenblicken sein Geschäft verlassen würde, zu überwachen und ihm sofort mitzuteilen, in welchem Hotel sie abgestiegen waren. Es ginge um ein ziemlich grosses Geschäft, von dem er bei gutem Verlauf auch profitieren könne.

„Also, seien Sie vorsichtig auf den Pariser Strassen mit diesen wertvollen Stücken, Madame et Monsieur. Es wäre ein Jammer, wenn Sie bestohlen würden!", meinte Grandjean mahnend zu Ellen und Siegfried Stark. „Bis bald!"

„Der Herr hätte diese drei Münzen wohl selber gerne von uns mehr oder weniger gestohlen, indem er diese zu einem Schleuderpreis von uns abkauft hätte. Wir sind also im Moment so klug wie zuvor, was den Wert dieser vermutlich sehr seltenen Stücke betrifft!", meinte Siegfried.

Ellen ihrerseits machte die Feststellung: „Offenbar sind das äusserst wertvolle und seltene Objekte. Seien wir also vorsichtig, bevor wir sie für einen Schundpreis weggeben. Nur gut, dass wir nicht alle Exemplare nach Paris mitgenommen haben!"

„Du meinst wegen des Zolls?"

„Nein, wegen all der Hyänen von Numismatikern! Dieser Monsieur Grandjean erscheint mir wirklich auch janusköpfig. Hast du eigentlich in diesem gekauften Buch ‚Goldmünzen der Welt' keines unserer Stücke gefunden?"

„Interessanterweise oder sonderbarerweise kein Einziges davon. Es ist doch kaum möglich, dass schon vor einigen hundert Jahren Fälschungen hergestellt wurden, die bis heute unbekannt blieben! Oder doch? Noch ein Gedanke: Warum hat der Concierge auf unsere Frage nach einem bekannten Numismatiker uns sehr schnell diesen Grandjean angegeben? Er musste sich nicht mal erkundigen, sondern hatte dessen Anschrift sogar im Kopf. Kennen sich die beiden etwa und vermitteln sie ab und zu gewisse Dinge und Geschäfte? Normalerweise kennt doch ein Concierge in einem Hotel nicht sofort einen Numismatiker, sondern muss nachfragen!"

„Nun, Fälschungen gab es wohl schon immer, auch bis heute unbekannte. Aber komm, wir gehen zurück in unser Hotel. Du hast recht! Wir wollen mal unserem Herrn an der Rezeption auf den Zahn fühlen!"

Nur, der Herr hatte im Moment dienstfrei und war erst morgen wieder zu erreichen! So die ziemlich unfreundliche Auskunft eines anderen Mannes an der Rezeption in ihrem Hotel.

Inzwischen hatte auch der von Grandjean angerufene Detektiv das Hotel Bellevue erreicht und merkte sich diskret die Zimmernummer des Schweizer Ehepaars. Eine Minute später wusste dieser, wo seine „Goldfische" wohnten, und plante weiter für die kommende Nacht.

„Was schleicht hier so ein Kerl nahe bei uns herum, wie wenn er uns aushorchen möchte?", fragte Ellen, immer misstrauischer werdend, ihren Siegfried. „Meinst du nicht auch, es wäre besser, wenn wir die Münzen im Hoteltresor hinterlegen als in dem lumpigen Kästchen von Zimmertresor, das man mit jeder Haarnadel aufknacken könnte?"

„Du siehst Gespenster. Aber deine Idee mit dem Hoteltresor für Gäste ist vielleicht doch gut. Der von uns verdächtigte Chefportier ist ja bis morgen nicht hier. Und ausserdem muss niemand wissen, was in dem Etui ist, das wir hinterlegen. Einfach etwas Schmuck von Madame!"

6

In der Nacht weckte sie plötzlich ein leises, aber doch vernehmliches Knarren ihrer Zimmertür. Das ist der Vorteil älterer Gebäude, dass diese nie ganz geräuschlos sind. Siegfried machte sofort Licht. Ein schmächtiger Mann, nordafrikanischer Typ, stand mit einer Waffe vor ihnen und zischte mit einem schauderhaft akzentuierten Französisch: „Madame et Monsieur, Goldmünzen her oder Sie sind des Todes!"

„Spassvogel! Welche Goldmünzen? Solche hätten wir auch gerne! Du musst dich ordentlich in der Zimmertür geirrt haben!", antwortete Siegfried, plötzlich hellwach. „Oder bist du besoffen?"

„Ihr seid doch Schweizer Staatsbürger?"

„Ja! Warum? Ist das ein Verbrechen?"

„Es gibt im Moment nur ein Ehepaar aus der Schweiz in diesem Haus!"

„Möglich. Es gibt halt nicht so viele Schweizer auf der Welt. Aber pass mal auf, Junge. Diese können meistens sehr gut schiessen! Du hast sicher schon mal von Wilhelm Tell gehört!"

„Nein, wer soll das sein?"

„Mein Ururgrossvater!", meinte Siegfried und war mit einem Satz aus dem Bett und hinter dem Afrikaner. Man sollte sich bei Überfällen nicht auf Gespräche einlassen, denn diese lenken ab. Er schlug ihm von hinten mit der Faust die Waffe aus den Händen, dass dessen Arm einen Moment zu baumeln begann und die Pistole zu Boden fiel. Der Teppich verhinderte einen lauten Aufprall, den man sonst in anderen Zimmern vielleicht gehört hätte.

Der Nordafrikaner hatte plötzlich ein Stellmesser in der Hand und stach auf Ellen ein. Glücklicherweise wälzte sich diese reflexartig auf die Seite, und der Halunke traf nur ihren linken Unterarm. Sie schrie aber auf, denn sie hatte wirklich grauenhafte Angst um ihr Leben. Dieser Schrei und auch das Gebrüll von Siegfried weckte das halbe Hotel. Dieser schlug nun mit einem Judo-Griff den fremden Mann nieder. Er besass den Schwarzen Gürtel, und dankte in diesem Augenblick Gott, Judokurse besucht zu haben und nicht einfach irgendwelche Fitnessprogramme.

Die Zimmertür hatte der Einbrecher, als er hereinschlich, nicht geschlossen, und so waren in kurzer Zeit einige männlichen Personen im Zimmer und überwältigten den inzwischen wieder zu Bewusstsein gekommenen Eindringling, der sich wie ein Berserker wehrte. Aber alles war schliesslich vergeblich, und der Messerstecher wurde notdürftig mit Gardinenkordeln gefesselt.

Jemand rief die Polizei und einen Arzt. Der Hoteldirektor, der sich mit einer blonden Schönheit an der Bar beschäftigt hatte, entschuldige sich wortreich bei den Starks und versprach, dass alles genauestens untersucht und abgeklärt würde und die Wunde von Madame zwar schlimm aussehe, aber bestimmt keine wesentliche Folgen haben werde. „Wir haben in Frankreich gute Ärzte, die vor allem auch den Damen immer wieder zu ihrer Schönheit verhelfen werden!"

„Habt Ihr morgen früh auch Flugzeuge, die Richtung Zürich fliegen und noch Plätze freihaben? Wir wollen nämlich sofort nach Hause, bevor noch mehr Killer auf uns angesetzt werden. Hier muss eine schauderhafte Verwechslung vorliegen!"

„Wenn es der Arzt erlaubt, werden wir ihnen so schnell wie möglich zwei Plätze in der ersten Maschine reservieren, Monsieur!", meinte galant der Direktor.

„Nein, nicht, wenn es der Arzt erlaubt, sondern weil ich Ihnen dies befehle!", rief Siegfried wütend, während der Doktor Ellen eine Schmerz- und Beruhigungsinjektion verabreichte, die kleine Wunde säuberte, mit zwei Stichen nähte und einen Verband anlegte. Er meinte trocken zu Siegfried: „Fliegen wollen Sie und Ihre Frau gleich morgen? Auf Ihre Verantwortung, Monsieur! Der Schock über das Erlebte stellt sich meist später ein. Und natürlich auch nur, wenn es die Polizei erlaubt, denn hier liegt ein Überfall vor, und der wird in einem Rechtsstaat wie Frankreich untersucht. Darf ich Ihnen die Rechung in die Schweiz zustellen, oder zahlen Sie hier mit Kreditkarte oder bar?"

Der aufbrausende Siegfried kam wieder herunter auf den Boden der Realität und sagte zum Arzt: „Monsieur le Docteur, merci beaucoup. Zahlen werde ich in bar, wenn die Rechung nicht zu gross wird, und sonst mit Kreditkarte. Sie machen mir aber einen Beleg für meine Krankenkasse?"

„Naturellement!"

Inzwischen war endlich auch die Polizei im Haus und der Direktor des Hotels meinte: „Kommen Sie doch an die Bar, meine Herren, ausser natürlich die Spurensicherung. Dort spricht es sich leichter. Und alle Getränke gehen auf Rechnung des Hauses!"

„Wir sind im Dienst, Monsieur!"

„Aber ich nicht!", rief Siegfried. „Und ich habe einen fürchterlichen Durst nach diesen Attacken. Liebling, kann ich dich ein paar Augenblicke allein lassen?"

Ellen antwortete nicht mehr auf diese Frage, denn sie schlief bereits. „Offenbar war das Beruhigungsmittel ziemlich stark, das Sie meiner Frau injiziert haben!", stellte Siegfried zum Arzt gewandt fest.

„Madame soll sich gesund schlafen. Das ist immer noch das beste Heilmittel!"

„Doch Sie versetzten meine Frau nicht in einen künstlichen Schlaf für mehrere Tage?"

„Aber nein! Wir wissen doch, alle Schweizer haben bald Heimweh!", lächelte dieser.

7

Siegfried schilderte den ganzen Überfall bis ins De-
tail der Polizei, erwähnte aber mit keinem Wort die
Forderung des Einbrechers noch den Besuch beim
Numismatiker und ihre Goldmünzen.

„Das kann doch nicht alles sein!", rief der untersu-
chende Kommissar aus. „Es muss noch etwas sein,
das Sie uns vielleicht verschweigen. Niemand ist so
dumm, in ein Hotelzimmer einzudringen, ohne vorher genau zu wissen, dass dort etwas zu holen ist.
Wir werden den Knaben hier schon weichklopfen,
den Sie mit einem gekonnten Griff zu Boden schlu-
gen. Die Waffe wird sicher nicht registriert und sogar gestohlen sein. Aber bis der eine Aussage gemacht hat, müssen Sie leider unsere Gastfreund-
schaft noch etwas geniessen."

„Und wer bezahlt die Mehrkosten für unseren ver-
längerten Aufenthalt?"

„Ist das Ihre Hauptsorge? Sie können auch bei uns auf dem Revier warten. Es ist dort nicht so gemütlich wie hier, aber Vater Staat kommt für alle Unkosten auf!"

„Nein, Hauptsorge ist nicht das Geld, doch ich muss in Zürich wieder meiner Arbeit nachgehen!"

„Bis morgen wird sich vieles geklärt haben!", murrte der Kommissar.

Nur, am andern Morgen hatte sich gar nichts geklärt, denn der Nordafrikaner lag tot in seiner Zelle. „Verfluchte Schweinerei! Hat er sich selbst umgebracht?", tobte der Kommissar, als er die Nachricht erhielt.

„Die Leiche ist noch in der Gerichtsmedizin, und wir warten alle auf Bericht!"

„Dann macht mal dort den Leuten Beine!"

„Sie wissen ja, wie diese Eierköpfe reagieren. Wenn man Dampf macht, schalten sie auf stur, und das Ergebnis lässt noch länger auf sich warten!"

„Hat man inzwischen herausgefunden, wer der Mann ist? Seinen Namen, seine Herkunft? Wo er wohnt?"

„Nichts, einfach nichts! Keine Papiere, keine sonstigen Hinweise. Auch in den elektronischen Suchprogrammen der Polizei taucht er nirgends auf mit Fingerabdrücken, DNA und sei weiter!"

„Das gibt es doch heutzutage nicht mehr: den Monsieur Unbekannt. Irgendwie und irgendwo muss er doch Spuren hinterlassen haben!"

„Möglich. Aber es gibt leider zu viele Leute, die führen ein Doppelleben, sind janusköpfig und können sich verwandeln wie ein Chamäleon!"

„Hat man über das Schweizer Ehepaar näheres herausgefunden?"

„Nur, dass es ganz gewöhnliche Touristen sind. Einmal hätten sie sich an der Rezeption des Hotels nach einem Numismatiker erkundigt!"

„Wann denn?"

„Gestern, am Tag vor dem nächtlichen Überfall."

„Und, wen hat man ihnen empfohlen?"

„Einen Monsieur Grandjean in der Rue de Lumière! Nur gehört der Laden einem gewissen Herrn Dubois."

„Und? Wart Ihr schon dort?"

„Nein, denn das haben wir soeben herausgefunden!"

„Sofort hin, und zwar mit den Schweizern. Vielleicht löst sich dort der gordische Knoten. Ich komme auch mit! Wir treffen uns sofort im Hotel Bellevue!"

Erstaunt und etwas beunruhigt hörte Siegfried Stark, dass die Polizei irgendwie von ihrem Besuch bei dem Numismatiker erfahren hatte. Ellen hatte sich inzwischen erstaunlich gut erholt von der nächtlichen Attacke. Sie klagte noch etwas über Schmerzen, die aber auszuhalten wären.

„Ellen, wir streiten einfach alles ab. Wir waren nie bei diesem Numismatiker. Niemand kann uns das Gegenteil beweisen, wenn in jenem Geschäft dummerweise nicht gerade eine Videoüberwachung installiert ist. Vorläufig also schweigen und dann einfach alles leugnen. Wir könnten sonst noch in Teufels Küche kommen wegen unserer Goldmünzen. Ich habe diese übrigens bereits wieder im Reisegepäck, denn wir wollen so schnell wie möglich hier verschwinden!"

Zum Kommissar gewandt meinte Siegfried beim Verlassen des Hotels: „Von wem hat die Polizei den erfundenen Hinweis denn erhalten, dass wir nach einem Münzengeschäft gefragt haben? Etwa vom Concierge dort? Mit dem haben wir noch nie ein Wort gesprochen! Ganz ein unfreundlicher Kerl!" Siegfried sah nämlich erleichtert, dass ein anderer Mann an der Rezeption stand.

„Woher wissen Sie denn, dass er unfreundlich ist, wenn Sie noch nie mit ihm gesprochen haben?"

„Nicht von dem dort, aber von seinem Kollegen, der heute wohl seinen freien Tag hat! Dann soll der seinen freien Tag benutzen, Ordnung in seinem Gehirn zu machen und nicht mit dummen Sprüchen andere Leute in Verruf zu bringen!" Und zu sich gewandt dachte Siegfried: „Nicht so viel sprechen, wir verplappern uns dabei nur laufend. Einfach schweigen!"

„Aber Sie sind doch Münzensammler?", fragte nun der Kommissar etwas gedehnt.

„Nein, bin ich nicht!", reagierte Siegfried gehässig, was zudem ja auch noch stimmte.

Sie fuhren durch Paris in einem für Fremde halsbrecherischen Tempo, wenngleich auch ohne Blaulicht und Martinshorn, und parkierten den Wagen gesetzeswidrig auf der Strasse vor dem Numismatikergeschäft. „Also Ellen, lass einfach mich reden, wenn es nötig sein sollte! Du bist noch zu schwach dazu!", riet ihr Siegfried, aber in Mundart, dass niemand sie verstehen konnte. Sie nickte ziemlich aufgeregt und etwas ängstlich.

In dem immer eigenartiger empfundenen Münzenladen wartete die nächste Überraschung, und zwar für alle. Der Eigner oder/und Verkäufer von gestern war nicht hier, kein Monsieur Grandjean. Und seine zeitweise Gegenwart wurde auch vehement verleugnet von einem Mann mit Schweinsäuglein im dicken Gesicht und mit viel Brillantine im eigentlich schon schütteren Haar.

„Vermutlich kein Pariser, der Herr, sondern eher aus den Banlieues kommend!", bemerkte zwischen den Zähnen der Kommissar zu seinen Helfern.

„Gestern sollen diese zwei Herrschaften hier gewesen sein? Unmöglich, meine Herren. Ich war auch gestern den ganzen Tag hier und habe dieses Leute noch nie gesehen. Es war ein sehr flauer Tag. Sie wissen, die Krise! Man will lieber Münzen, mit denen man was kaufen kann, als altmodische Stücke, die durchaus einen historischen Wert bedeuten. Aber wer kauft heute so etwas? Reiche Russen und Araber oder dann die Chinesen, die alles, einfach alles zusammenkaufen. Nein, ich kann nicht helfen. Um was für Objekte sollte es sich denn handeln?", fragte der sehr unsympathisch wirkende Herr Dubois.

„Das wüssten wir auch gerne!", liess Siegfried vernehmen, während der Polizeichef verächtlich durch die Nase schnaubte und ziemlich gehässig und drohend sagte: „Monsieur, wir werden Ihr Geschäft sehr im Auge behalten!"

„Tun Sie das! Wir stehen gerne unter polizeilichem Schutz. Ich darf mich empfehlen?"

„Und Sie, Herr und Frau Stark, haben diesen Mann auch noch nie gesehen?"

„Nein, wirklich nicht. Die viele Brillantine im Haar wäre uns aufgefallen!"

Wortlos drehten sich alle im Laden um und verliessen das Etablissement.

Übrigens: Haben Sie hier eine Überwachungskamera?", fragte der Kommissar, sich noch einmal umdrehend.

„Ja, aber leider ist sie im Moment defekt!"

„Das ist ja für Sie äusserst praktisch!"

„Nein, ärgerlich. Allerdings fehlt uns im Moment das Geld, um sie reparieren zu lassen!"

Auf der wiederum rasanten Fahrt zurück ins Hotel erfuhren Siegfried und Ellen so halbwegs, dass der Mann, der sie überfallen hatte, durch Selbstmord umgekommen sei, und zwar mit einem Gift, das in Tablettenform ziemlich schnell wirkt und vor allem in nordafrikanischen Geheimdiensten Verwendung findet.

8

„Brauchen Sie uns wirklich noch?", fragte Siegfried den Polizeikommissar. „Oder können wir endlich abreisen?"

„Sie können! Aber seien Sie vorsichtig mit allfälligen Goldmünzen. Die Ein- und Ausfuhr, vor allem auch von antiken Stücken, ist untersagt!"

„Was haben denn Sie immer mit Münzen? Sind denn etwa Sie Numismatiker? Allmählich glaube ich, dass Sie auf der Suche nach seltenen Stücken sind, um Ihre eigene Sammlung aufzupolieren!", gab Siegfried zur Antwort und meinte dann: „Ich sage Ihnen nicht Au revoir, sondern Adieu!"

Während Sie im Hotel packten, meinte er zu Ellen: „Glaubst du, dass die Polizei jetzt schon diesen Laden überwacht? Oder sollen wir nochmals hin und mit den drei Münzen unser Glück versuchen?"

„Ich würde davon absehen! Mit diesem Geschäft ist etwas oberfaul, wie auch mit der ganzen durchlebten

Geschichte hier im Hotel. Warum nimmt sich der Einbrecher das Leben wegen eines solchen Details? Von wem wurde er geschickt und in wessen Auftrag handelte er? Warum verleugnen Sie unsere Anwesenheit von gestern in diesem komischen, ja fast unheimlichen Etablissement? Warum ist der Concierge von gestern heute nicht im Hotel erschienen? Und gestern brannten sie in dem Laden noch förmlich nach unseren Goldvögelchen, während uns heute in Anwesenheit der Polizei niemand kennen will!"

„Ellen, erstens ist der Wert eines Menschenlebens in anderen Gebieten oft weniger gross als bei uns eine Fliege an der Wand. Zweitens ist der Fatalismus bei gewissen Völkern für uns immer wieder unerklärlich, und drittens wissen wir einfach wenig oder nichts, was da wirklich abgeht! Aber du hast recht, komm lass uns so schnell wie möglich nach Hause reisen, bevor wir vom Regen in die Traufe geraten!"

„Oder leblos in der Seine mit einem Betonklotz am Bein landen!", schauerte sie zusammen. „Hoffentlich ist der Flughafen sauber für uns!"

„Weißt du was? Wir fliegen sicherheitshalber nicht, sondern reisen mit der Bahn! Dort gibt es auch keine Security!"

Damit verliessen sie ein Gebilde, das nicht nur einen doppelten Boden hatte wie ihr alter Schreibtisch zu

Hause, sondern in dem man vermutlich durch viele Böden fallen konnte und doch nie auf den Grund fand.

Eine alte und verzweigte Organisation, die den Hauptsitz in Algerien hatte und die den alten Kolonialherren Frankreichs blutige Rache schwor, machte alles zu Geld und Anklageschriften, um ihren Zielen näher zu kommen. Dazu dienten Rauschgifthandel, Antiquitäten, Prostitution, Entführung, Erpressung und Nötigung. Auf ein paar Morde mehr oder weniger kam es den leitenden Herren nicht an. Sie wollten ja sowieso Frankreich in die Knie zwingen, auch mit Hilfe der Millionen Menschen, die aus Nordafrika schon dort lebten und zum Teil in den Banlieues grausam dahinvegetierten. Ihr Ziel war, den Spiess umzudrehen, und die dekadente westliche Gesellschaft entweder zum Islam zu bekehren oder dann auszulöschen und Frankreich eines Tages zur Kolonie von Nordafrika zu machen. Dazu sollten auch alle Gräuel der Geschichte der Kolonialzeit herhalten, ob erfunden oder tatsächlich geschehen, war nicht so wichtig. Natürlich waren tatsächliche Schurkenstreiche viel willkommener, um damit die Verwerflichkeit der westlichen Kulturen und des Christentums umso krasser hervorzuheben.

Und die Atomwaffen der Armee? Nun, diese waren hochwillkommen. Sie würden die gekränkten Araber wie Dornröschen nach über hundert Jahren vom

Schlaf wach küssen und ihnen endlich die Macht verleihen, die das Antlitz der Welt verändern würde. Wenn nur der Tag der grossen Revolution schon bald käme! Aber sie hatten bei aller Ungeduld viel mehr Geduld als die weisse Rasse. Und diese war nötig, denn ihre dummen Brüder zu Hause zerfleischten sich lieber immer noch selber, als geeint zu ihrem Ziel zu marschieren.

Nur, dass diese Herren schon jetzt in Algier, in Casablanca, in Tunis, in Tripolis auch so dekadent lebten wie die von ihnen verachteten Europäer, das merkten sie gar nicht oder wollten es nicht wahrhaben. Der Alkohol floss in Strömen, die schönsten Frauen gaben sich alle erdenkliche Mühe, die zum Teil schon etwas älteren Herren rundum zu befriedigen. Eigentlich ist ja gerade Alkohol dem Moslem verboten. Aber das gilt nur für das dumme Volk, nicht für die künftigen Herren eines Weltreiches. Allah wird sie schon verstehen und ein Auge zudrücken.

Die Organisation hatte auch ein kleines Büro in der Schweiz, und zwar in Genf. Genf liegt zwar in der Schweiz, nennt sich auch „Petit Paris" und ist wirklich ein wunderschöner und stinkreicher Ort. Was kann denn schon die kleine Schweiz dafür, wenn man diese Region auch in die Revolutionspläne mit einbezieht?

Zum Glück hatten Siegfried und Ellen Stark nirgendwo ihre echte Heimadresse angegeben. Aber nützte dies was im Zeitalter des „Gläsernen Menschen?", in der man nahezu alles und alle findet? Es ist nur eine Frage der Schlauheit und der nötigen Technik. Die Personenfreizügigkeit ermöglichte unbeschwertes Reisen in viele Länder. Die Entwicklung der Hightech und der totalen Überwachung servierte man auf dem Tablett gewisser Leute, mit denen man lieber nichts zu tun haben sollte!

9

Ohne Probleme trudelten sie am selben Abend wieder glücklich in Zürich ein und sagten sich: „Auch hier gibt es Numismatiker. Suchen wir den Besten raus! Der Letzte hier ist wohl nicht ein grosses Kirchenlicht gewesen!"

Sie fanden tatsächlich ein ziemlich nobles Geschäft an ziemlich nobler Adresse und zeigten dort dem Fachmann zwei französische und russische Münzen, die den Mann in grosse Aufregung, ja geradezu in Euphorie versetzten.

„Wissen Sie, was Sie mir hier präsentieren? In welches Museum sind denn Sie eingebrochen? Solche Stücke gibt es nicht auf dem freien Markt! Sie sind vielleicht von unschätzbarem Wert, aber man kann sie nicht kaufen und vermutlich auch nicht verkaufen!"

Siegfried und Ellen erzählten dem Mann nun ihre Geschichte, selbstverständlich ohne das Erlebnis in Paris zu erwähnen. Herr Blattmann, vermutlich ein aus Deutschland zugezogener Fachmann, meinte dazu: „Das ist einfach phantastisch. Nun wollen Sie vermutlich alles zu Bargeld machen. Und dies wird schwierig und hängt vielleicht auch vom Goodwill der einzelnen Länder ab. Nun, wenn Sie gestatten, versuche ich es gerne mal für Sie mit Frankreich. Welche weiteren Länder wären denn noch betroffen beziehungsweise zu beglücken?"

„Nun, Österreich und Russland!"

„Österreich, da sehe ich eine Chance, in Russland weniger. Doch man kann sich täuschen. Den Staaten fehlt meistens das nötige Geld. Und Sie würden nur einen Bruchteil des eigentlichen Wertes erhalten, was Ihnen gewiss wichtiger ist, als solche Raritäten ungenutzt in einem Bankfach zu verstecken. Sie müssen ja wirklich nicht mit der vollen Wahrheit herausrücken, aber geben Sie mir doch einen Hinweis darauf, wie viele solcher köstlichen Raritäten sie insgesamt besitzen. Sie stellen heutzutage wohl meistens Unikate dar, denn sie stammen mit Sicherheit aus dem siebzehnten Jahrhundert, also lange vor dem Russlandfeldzug jenes französischen Oberst, dessen Identität Sie anhand von alten Aufzeichnungen nachzuweisen konnten."

„Tun Sie Ihr Bestes, wenigstens erst einmal mit den zehn Münzen aus dem alten Frankreich! Und dann sehen wir weiter!"

„Aber bleiben Sie um Himmels Willen im Dunkeln mit Ihrem Namen und Ihrer Adresse. Es kann damit vielleicht viel Ungemach für Sie vermieden werden! Wir geben Ihnen gerne eine amtlich beglaubigte Bestätigung für die uns überlassen Goldmünzen, damit Sie etwas in den Händen halten. Es könnte alles auf eine langwierige Operation hinauslaufen! Die Museen müssen erst vom Staat ein Budget für solche Neuerwerbungen erhalten!"

„Sie wenden sich also an den französischen Staat?"

„Nicht gerade an den Präsidenten oder den Innen- oder Aussenminister! Aber an den Direktor des Louvre, den ich persönlich kenne. Der weiss dann gewiss, wo er vorsprechen muss!"

„Viel Glück!"

„Ja, Glück und Geduld, das können wir brauchen!"

10

Monsieur le Directeur général des berühmten Louvre schaute irgendwie betroffen und doch auch fasziniert auf die Hochglanzfotos von diesen Münzen. Sie waren vermutlich vor dem Russlandfeldzug irgendwo in Frankreich geprägt worden. Es handelte sich gewiss ausschliesslich um Gedenkmünzen, die nie zu Zahlungszwecken verwendet, sondern eher als Schmuckstücke für die Frau oder Geliebte angefertigt worden waren.

„Es reizt uns ja schon, diese Dinge aus der Schweiz zu erlangen. Aber zu welchem Preis? Wir tappen da völlig im Dunkeln!", murmelte er vor einem eiligst zusammengetrommelten Ausschuss von fünf weiteren Fachleuten.

Ein Mitglied des Ausschusses meinte nach längeren Überlegen: „Vielleicht war das die Spinnerei einiger Adliger von damals. Aber es sind doch interessante Zeitzeugen. Ich schlage vor, wir offerieren für jedes

Stück 50'000 Euro. Man hat ja schon für dümmere Zwecke hunderte von Millionen verschwendet!"

„Ja, gewiss! Allerdings nicht auf dem Sektor Schmuck, Kunst oder Forschung des Mittelalters und der frühen Neuzeit!", ergänzte ein anderer.

„Du bist aber auch nicht auf dem neuesten Stand des Wissens!", antwortete der Direktor gereizt. „Wir haben in unserer Schatulle für Neuerwerbungen noch gut und gern etwa zehn Millionen Euro. Also, warum leisten wir uns diese Ausgabe nicht?"

„Vielleicht kann man den Preis auch noch etwas drücken!"

„Nicht bei den Schweizern. Die schwimmen ja geradezu im Geld. Ich telefoniere mal mit Zürich und sehe, was sich machen lässt!"

Im Numismatikgeschäft Blattmann klingelte das Telefon, und die Sekretärin kam ganz aufgeregt zum Chef mit der Nachricht: „Da gibt sich jemand als Chef des Louvre in Paris aus und verlangt, Sie zu sprechen, Herr Blattmann!"

„Oh, ich komme sofort. Nein, stellen Sie nicht um. Dieses Gespräch muss vertraulich behandelt werden, und zwar im Büro. Sie können inzwischen den Kunden hier weiter bedienen und dann einen Kaffee offerieren!"

Bei sich selbst dachte er: „Die reagieren aber schnell in Paris, sehr schnell. Ist das ein gutes oder schlechtes Zeichen? Nun, lassen wir uns überraschen!"

11

Siegfried Stark arbeitete zusammen mit seiner Frau wieder intensiv in ihrer kleinen, aber schmucken Boutique für Altes und Neues in der Zürcher Altstadt an der Limmat. Das Geschäft lief manchmal recht gut. Aber oft herrschte auch Flaute. Dann zottelten sie in den Trödlerläden herum und gingen auf den Flohmarkt zum Schnuppern. Manchmal verstecken sich dort wahre kleine Schätze. So entdeckten sie ja auch ihren Schreibtisch mit dem doppelten Boden!

Was ihnen am meisten zu schaffen machte, war die unverschämte Miete, die jeden Monat hingeblättert werden musste für ihr Geschäft. Diese frass gut und gern den halben Gewinn wieder auf. Aber beide liebten ihre aussergewöhnliche Arbeit. Und noch konnten sie sich über Wasser halten, denn Siegfried arbeitete auch noch in Teilzeit in seinem erlernten Beruf als Zahntechniker.

„Wenn wir die Münzen gut verkaufen können, hilft uns das über die nächste Zeit, damit wir unser Geschäft weiterführen können. Denn hier sind wir unser eigener Chef und in gewissem Sinn auch unabhängig!", sagte Siegfried zu seiner Frau. „Und sollte dies eines Tages nicht mehr gehen, so arbeite ich wieder voll und ganz in meinem erlernten Beruf. Schöne Zähne, ob echt oder künstlich, haben alle gerne!"

„Jetzt, wo die Banken Stellen abbauen und die meisten in Verruf geraten sind", antwortete Ellen, „ist ein Beruf, den alle früher oder später brauchen, wichtig! Darum nützt mir meine damalige Lehre als Bankfachfrau heute wenig!"

„Ja, ich weiss! Darum hängen wir auch an unserem Geschäft hier und hoffen auf goldene Zeiten! Vielleicht kommen diese, denn soeben hat ein Kunde unseren ‚Tempel' betreten! Du kennst doch unseren etwas hinterlistigen Spruch: ‚Jeder Tag steht ein Dummer auf, dem man etwas verkaufen kann, was er gar nicht benötigt'! Ich gehe mal nachsehen!"

„Bonjour Monsieur! Parlez-vous français?", meinte ein eleganter Herr um die dreissig, olivfarbener Teint, mit einer leichten Verbeugung, aber mit relativ unstetem oder besser gesagt sogar düsterem, nein, finsteren Blick.

„Un peu, oui!", reagierte Siegfried sofort und mit einer einladenden Handbewegung, in sein Geschäft einzutreten.

„Pierre Dunand aus Genf. Aber nicht der Bruder des Begründers des berühmten Roten Kreuzes! Haha-ha!", lachte der Mann etwas gequält. „Gebürtig in Frankreich und immer und überall auf der Suche nach seltenen Goldmünzen. Haben Sie hier auch welche anzubieten?"

„Wenn das ein echter Franzose ist, dann bin ich ein echter Chinese", dachte Siegfried, sagte jedoch: „Goldmünzen? Haben wir leider nicht im Angebot. Aber gehen Sie doch zu einem Numismatiker!"

„Wirklich, Sie haben nichts dergleichen? Warum waren Sie dann kürzlich in Paris und wollten seltene Münzen verkaufen?"

„Woher wollen Sie denn das wissen?", meinte Siegfried, innerlich sehr unruhig geworden. „Hat dieser komische Numismatikladen in Paris Verbindungen bis nach Genf?", dachte er. „Dann könnte die Sachlage eskalieren! Aber trotzdem: Wie in drei Teufels Namen haben diese Kerle unsere Adresse herausgefunden?"

„Nun, ich weiss dies aus sicherer Quelle. Wir haben auch in Genf ein Büro, und wir suchen überall seltene Stücke für reiche Araber, wollen dies aber nicht gleich an die grosse Glocke hängen!", erklärte Dunand.

„So, für reiche Araber! Ich glaube, Sie selbst sind ein solcher. Ihr Französisch ist weder das eines Bewohners von Paris noch von Genf. Wissen Sie, als Deutschschweizer haben wir in unserem Dialekt etwas gemeinsam mit dem Arabischen. Nämlich den unverwechselbaren Kehllaut beim ‚ch' oder ‚ck'! Daran erkennt man die Araber, die Tiroler und uns, auch wenn wir uns in anderen Sprachen artikulieren! Allein, wie Sie das Wort Zürich aussprechen, verrät Sie! Sagen Sie doch zum Beispiel mal ‚glückliches Zürich'!"

„Ich weiss nicht, von was Sie sprechen!"

„Doch, das wissen Sie ganz genau! Und jetzt wäre es für uns zwei am besten, wenn Sie so schnell wie möglich wieder nach Genf zurückkehren!"

„Ich gehe sofort zurück, wenn Sie mir die Goldmünzen verkauft haben. Ansonsten holen wir uns diese einfach, ohne dafür etwas zu bezahlen. Wir sind höfliche Leute, können aber auch sehr ungemütlich werden!", erläuterte nun in schneidendem Ton Monsieur Dunand. Sein Name war gewiss so falsch wie er selbst!

„Bitte, suchen Sie! Sie werden nichts finden!"

„Auch nicht in Ihrer Wohnung?"

„Diese kennen Sie?"

„Wir sind doch keine Anfänger! Aber diese Wohnung würden *Sie* nach meinem Besuch nicht mehr wiedererkennen. Glauben Sie mir das?"

„In gewissem Sinne schon!", schrie der nun völlig ausser sich geratene Siegfried, zog aus einer Schublade die stets geladene Pistole und feuerte wie ohne Besinnung dreimal auf den Kerl, der schliesslich aufstöhnend zusammensackte. Erst jetzt erwachte Siegfried wie aus einem bösen Traum und stotterte: „Ich bin ein Idiot! Aber was sollte ich sonst tun? Der Kerl war eine sehr grosse Gefahr!" Schnell hängte er das Schild „Geschlossen" an die Tür und zog die Rollläden herunter.

„Was zum Teufel ist denn hier los!", schrie Ellen, als sie in den Laden rannte und erstarrte beim Anblick auf die immer noch aus der Brust blutende Leiche. „Warum mordest du, und vor allem: Hat das jemand gesehen oder gehört?"

„Ich hoffe nicht! Doch du hast nun einen Mörder als Mann!"

„Sicher mit gutem Grund!"

„Ja, aber das kauften uns die Justiz und kein Richter ab!"

„Nun, so weit sind wir noch lange nicht! Jetzt, um die Mittagszeit ist es hier wie ausgestorben. Bei schlechtem Wetter wie jetzt sowieso. Auch sind keine Restaurants in unmittelbarer Nähe. Gehe mal raus und blick dich um. Seit den Schüssen ist kaum eine halbe Minute vergangen. Warum nur hast du drauflos geballert wie ein Verrückter? *Ein* gezielter Schuss hätte es doch auch getan!", sagte ganz überlegt Ellen und wuchs damit in dieser verzweifelten Situation über sich selbst heraus.

„Weil ich selbst verrückt war!", meinte Siegfried und schlich hinaus vor die Türe seines Geschäftes. Es war wirklich kein Mensch zu sehen. Aber was heisst das schon! In einer Stadt haben selbst die Mauern Augen. „Ich kann nichts tun, als abzuwarten! Bestenfalls kann ich ja behaupten, mit einem alten Revolver oder einer Pistole Zielübungen in meinem Geschäft gemacht zu haben!"

Als er gedankenverloren wieder in den Laden zurückschlich, hörte er Ellen flüstern: „Schau mal den Kerl an! Noch im Tode blickt er ganz erstaunt drein, wie wenn er sagen wollte: ‚In der Schweiz wird doch nicht geschossen'! Hat der eine Ahnung. Es wird kaum in einem Land so viel geschossen wie bei uns. Und ab und zu trifft es dann halt auch mal einen Halunken! So, und erzähl mir genau: Was wollte der Mann von dir?"

Nachdem Siegfried den Vorgang erklärt hatte, reagierte Ellen weiterhin erstaunlich ruhig und kaltblütig! „Notwehr, ganz eindeutig Notwehr. Drück ihm doch den alten Revolver in die Hand, aus dem ich vorher ein oder zwei Schüsse in ein Kissen abdrücke. Er schoss zuerst, und dann zogst du auch. Du warst immer ein treffsicherer Schütze, schon im Militärdienst! Hat der Kerl überhaupt Papiere auf sich?"

Sie suchten beide mit Abscheu in all den Taschen herum, fanden aber rein gar nichts. Nicht einmal Kleideretiketten, die wenigstens darauf hätten schliessen lassen, wo Hemd und Anzug gekauft worden waren. Die waren sauber herausgetrennt worden. Nur etwas Kleingeld wurde gefunden mit gewiss hundert und mehr Fingerabdrücken darauf.

„Die andere und vermutlich bessere Version ist: Wir schaffen ihn nachts in den Zürichsee. Es ist gewiss nicht die einzige Leiche, die dort auf dem Grund liegt. Ich weiss eine Stelle, gut zwanzig Kilometer von hier, an der wir unbemerkt den Kerl versenken können. Komm, wickeln wir ihn in ein Tuch, das wir nachher im Cheminée verbrennen!"

„Du entwickelst dich ja zu einer richtigen Gangster-braut. So kenne ich dich gar nicht!", murmelte Sieg-fried.

„Muss ich ja, denn du bist zu verdattert. Glaube mir, in einer solchen Notlage, in der du dich befunden hast, würden viele Menschen zu Mördern. Vielleicht hast du ja sogar ein gutes Werk getan. Aber nun gilt es, die Sache durchzustehen und über sich selbst hinauszuwachsen! Und unsere Münzen müssen viel mehr Wert sein, als wir abschätzen können, wenn das Interesse so gross ist und jedes Leben drangege-ben wird. *Unser* Leben war gewiss in den Augen dieses geschniegelten Gangsters keinen Moment einen Pfifferling mehr wert."

„Gut, und dann heisst es abwarten, ob eine Vermiss-tenmeldung oder die Suche nach einem Unbekann-ten beginnt. Der muss doch irgendwo hier in Zürich gewohnt und dort noch Gepäck hinterlassen haben!"

Aber man hörte nichts! Rein gar nichts! Wurde die Sache bewusst totgeschwiegen, um nicht in interna-tionale Zwänge zu geraten? Wer weiss das schon! Einer oder einige Wenige ganz bestimmt. Und diese mauerten offenbar.

Denn diese dachten, es sei ein Zweiter oder gar ein Dritter mit den Goldmünzen auf und davon, nach-dem er sich von falschen Dunand befreit hatte? Alles ist möglich. Und wegen Gold wurden nicht nur schon ganze Kriege geführt, sondern unzählige Verbrechen begangen. Über manches oder sogar sehr vieles schweigt aber die Geschichte!

12

Der Louvre beziehungsweise sein höchster Direktor meldete sich tatsächlich überraschend schnell beim Numismatiker Blattmann in Zürich, was diesen sehr verwunderte.

„Sind diese alten Münzen wirklich so erstrebenswert? Dann sind 50'000 Euro pro Stück zu wenig. Vielleicht sogar lächerlich wenig. Aber bei wem kann man sich erkundigen?", dachte der Münzenhändler, der auf diesem Gebiet schon einiges gewohnt war. Doch so etwas doch noch nie! Er bat sich eine Bedenkzeit aus und meinte streng: „Und, mein Herr, der Preis kann nicht stimmen!"

„An wie viel denken sie denn?"

„Mindestens 50'000 Euro pro Münze!"

„Pardon? Habe ich Sie recht verstanden? Sind Sie denn verrückt?"

„Nein, nur das überaus grosse Interesse von Paris bis Genf, und wohl sogar auch von stinkreichen Arabern macht mich sehr neugierig. Es gibt übrigens nur ganze zehn Stück dieser Münzen. Das macht insgesamt 500'000 Euro. Ein Klacks für den Louvre. Sie müssen die Mona Lisa deswegen nicht verkaufen! Soll ich mal eine offizielle Stelle in Algier, Rabatt oder Tunis anrufen?"

„Warten Sie damit! Wir melden uns wieder!"

„Aber gerne!"

Eine hektische Gesprächsrunde in einem der unzähligen Räume des Louvre entbrannte. „Warum denn nur sollten Araber so viel zahlen für alte Gedenkmünzen? Wollen wir mal den französischen Auslandsgeheimdienst einschalten? Diese Kerle wissen vielleicht bereits etwas mehr, denn sie mischen ja überall mit!"

„Denen die Würmer aus der Nase zu ziehen, das wäre schon interessant. Machen wir dies parallel. Wir zahlen die verlangten 50'000 pro Stück und klopfen zugleich beim Geheimdienst auf den Busch. Du, Gaston, hast doch guten Kontakt zum dortigen Vizechef!"

„Ja, aber das kostet mich wieder ein kleines Vermögen. Der Kerl trinkt Champagner wie andere Leute

Wasser, und zwar nicht irgendeinen, sondern den sündhaft teuren Dom Perignon, schlürft Austern und frisst Trüffel, wie Normalsterbliche Kartoffeln. Und alles wird nachher abgerundet mit dem feinsten Cognac."

„Wenn der Geheimnisträger dadurch etwas löchrig wird und gewisse Informationen fliessen, ist es dies allemal wert! Also, an die Arbeit, und für dich Gaston: Auf ins Vergnügen!"

13

„Sind Sie einverstanden, Herr und Frau Stark, wenn ich die Goldstücke an den Louvre in Paris verkaufe, das Stück für etwa 40'000 Euro?", fragte der Numismatiker Blattmann von Zürich, genüsslich die verblüfften Gesichter seiner Gegenüber betrachtend. „Dann würde ich schnell nach Paris fliegen und das Geschäft abwickeln." Dass er damit gute 100'000 Euro unterschlug, verheimlichte er tunlichst.

„Eine gewisse Belohnung für das ganze Risiko steht mir gewiss zu!", beruhigte er sich selbst. „Oder ich verkaufe nur neun Stück und behalte eines für mich zurück, für später! Das Ganze wird ja wirklich eine interessante Geschichte, von der ich bis jetzt vermutlich nur einen kleinen Bruchteil kenne! Interessante Geschichten, vor allem, wenn sie noch am Laufen sind, können auch gefährlich werden!"

Siegfried und Ellen gaben ihr Einverständnis zu diesem Handel. „Denk mal, Luise, 400'000 Euro für diese zehn Münzen! Abzüglich natürlich noch Spesen und Vermittlungsgebühr für den Numismatiker. Aber immerhin, wir können damit den Mietzins für etliche Jahre bestreiten und in unserem Laden hier in der Altstadt bleiben. Sollen wir nicht demnächst mit den österreichischen Münzen nach Wien reisen und dort unser zweites Geschäft anbahnen? Es wird doch nicht überall so verhext sein wie in Paris!"

„Ja, auf nach dem schönen Wien!", stimmte Ellen zu. „Vielleicht sind die Münzen ja noch viel mehr wert. Wir können ja nicht eine Annonce in den wichtigsten Fachzeitschriften der Welt schalten, sonst regieren hier in Zürich bald Mord und Totschlag. Weißt du, ich habe immer noch ab und zu Albträume wegen unseres Arabers im Zürichsee. Der war gewiss nicht allein unterwegs, und wenn ein weiterer Ganove nachkommt und nachfragt, dann sitzen wir ziemlich bös in der Tinte!"

„Ich glaube, da fragt niemand mehr. Da hat der Wind in eine andere Richtung gedreht!"

14

Wenig später weilte ein führendes Mitglied des französischen Auslands-geheimdienstes im Louvre und wartete mit den dortigen Herren Direktoren auf die Ankunft des Numismatikers aus Zürich. „Wie nur kommt der Kerl in den Besitz dieser Stücke, die in Frankreich seit praktisch zweihundert Jahren gesucht werden?", fragte der Geheimdienstmann, „und zwar nur auf Gerüchte hin?"

„Sie können den Händler aus Zürich selbst fragen. Er müsste eigentlich schon hier sein, aber natürlich haben die Flugzeuge wie immer Verspätung. Wieso interessiert Sie das so sehr?"

„Nun, das muss eine faszinierende Geschichte sein, auf die wir seit einiger Zeit gestossen sind. Napoleon wird uns wohl nie ganz in allen Facetten bekannt sein, geschweige denn alle seine höchsten Offiziere!"

„Ich denke aber schon. Es gibt wenig Mächtige, über die so viel geschrieben wurde wie über ihn. Noch heute sitzt in jeder grösseren Irrenanstalt mindestens einer, der sich als Napoleon Bonaparte ausgibt, haha!"

„Man weiss nie und nimmer alles, selbst nicht von berühmtesten Leuten. Auch diese haben vielfach zwei Gesichter! Zudem haben sie auch meist viele Feinde und zudem gewitzte Berater. So soll ein solcher Napoleon geraten haben, nebst all den offiziellen Münzen mit seinem Konterfei auch einige ganz besondere nur für ihn persönlich prägen zu lassen, über die er dann verfügen konnte, wenn dies nötig würde. Etwas grösser als die normalen 20-Franc-Münzen hatten diese inwendig einen kleinen Hohlraum, der angefüllt war mit einem damals in hohen Kreisen gängigen Gift. Zu diesen Münzen müsste aber auch ein Schriftstück vorliegen, das besagt, dass beim festen Drücken auf den Kopf des Kaisers mit einem spitzen Gegenstand sich ein kleines Fach öffnet und das Gift in Pulverform herausrieselt. Man konnte dieses dann bequem und unauffällig ins Glas oder die Tasse dessen schütten, den man weghaben wollte! Ist niemals die Rede von einem Schriftstück gewesen bei dem Mann aus Zürich?"

„Liebe Leute, nein! Das ist ja der Hammer. Wie aber kamen solche Münzen nach Zürich?"

„Es gibt wohl kaum mehr von diesen Dingern. Darum ist ihr Sammlerwert auch unvorstellbar! Vermutlich wurden sie Napoleon geklaut und noch vor dem grossen Russlandfeldzug von einem hohen Offizier in der Schweiz versteckt. Dieser wollte sich vielleicht auch vor der Guillotine retten, indem er Bonaparte jenes Geschenk zum rechten Zeitpunkt überreichte. Nur, der rechte Zeitpunkt kam nie! Sein Name konnte bis jetzt noch nicht ermittelt werden. Doch das sind alles zum Teil Wissen und zum anderen Teil Vermutungen!"

„Und wie kommen den diese verfluchten Araber ins Geschäft? Wissen die vielleicht etwas darüber und wollen dem Ruf Frankreichs nach so langer Zeit noch schaden? Das wäre doch lächerlich!"

„Gewiss! Allerdings denken diese Leute eben in anderen Zeitabläufen als wir. Sicher interessieren sie sich nicht für das bisschen Gold und Gift. Davon haben sie selbst genug. Aber wir sind seit Jahren einer Gruppe auf den Fersen, die versucht, unser Land zu untergraben, zu destabilisieren und im geeigneten Augenblick loszuschlagen. Wir kennen nur noch nicht den Anführer. Und wenn wir den nicht haben, gruppieren sich unten bald wieder neue ‚Chefs um die Soldaten'. Sobald wir den Halunken, der irgendwo in Nordafrika sitzt, kennen, schlagen wir zu!"

„Weiss unser Präsident davon?"

„Wozu? Es genügt, vor dem Losschlagen seine Bewilligung einzuholen!"

Jetzt war Blattmann aus Zürich endlich angekommen und wurde höflich vorgelassen. Man holte ihn extra nicht vom Flughafen ab, um die Wichtigkeit der Transaktion zu vertuschen „Erzählen wir ihm von der Geschichte, soweit wir diese kennen?", fragte einer der Louvre-Chefs. „Nur soviel nötig ist, um die Frage nach den alten Papieren stellen zu können!", meinte der Geheimdienstmann.

„Zehn Münzen?", fragte einer der Louvre-Direktoren. „Wir dachten, es wären deren neun?"

„Es sind zehn! Aber der Verkäufer bat mich, eine für ihn als Erinnerungsstück zurückzubehalten!"

„Also alle oder keine! Wissen Sie, irgendwie gehören diese Münzen zusammen und sie gehören auch zu Frankreich. Dürfen wir um den Namen Ihres Kunden bitten und auch fragen, ob nicht noch ein altes Schreibstück bei den Münzen lag?"

„Moment. Kann man hier telefonieren?"

„Brauchen Sie ein Handy?"

„Ich habe selbst eines mit!"

„Sind Sie so freundlich und rufen Sie den Mann oder die Frau an!"

„Es handelt sich um das Ehepaar Stark, das in Zürich ein kleineres Antiquitätengeschäft betreibt. Vielleicht sind zwei Anrufe nötig!", erklärte Blattmann. Aber weder in der Wohnung noch im Geschäft nahm jemand ab.

„Ich glaube, die Herrschaften sind verreist!" Und für sich selbst dachte er: „Vorsicht, alter Junge! Mit dem schönen Nebengeschäft wird es nichts! Jetzt haben diese Herren auch schon den Namen meines Kunden, dank meiner Blödheit. Es bleibt mir nur, offen zu verhandeln! Ach, es stimmt schon, was einmal ein Bundesrat gesagt haben soll: ‚Wir Schweizer stehen zwar früh auf, wir erwachen aber immer relativ spät'! Das gilt auch für Bayern-Schweizer!"

„Warum denn um alles in der Welt sind vermutlich auch die Araber mit von der Partie?"

„Wo sind denn die nicht mit im Spiel? Wurde denn nicht ein Mann vermisst, anscheinend aus Genf? Und wenn, ist er nun endlich gefunden? Übrigens auch ein Araber! Oder liegt er irgendwo mausetot in den Hügeln und Wäldern um Zürich oder gar im See?", fragte der Geheimdienstmann genüsslich. „Wir wissen einiges von unseren Kollegen in Genf!"

„Keine Ahnung. Ich hoffe, unsere Polizei tut ihr Möglichstes! Woher wissen denn Sie nun wirklich von dem Vorfall?"

„Wir sind eben vom Geheimdienst, nicht von der Pro Patria!" lächelte der Mann. „Ja, hoffen wir, dass Ihr Kunde wirklich Ruhe kriegt! Also, haben Sie alle zehn Münzen dabei?"

„Ja", zögerte Blattmann, und zog diese etwas widerwillig hervor, ehe er von einer nächsten Frage überrumpelt wurde.

„Waren bei den Münzen wirklich nicht auch sehr alte Papiere dabei?"

„Davon weiss ich wirklich nichts. Monsieur und Madame Stark haben so etwas nie mit einem Wort erwähnt!"

„Und wie sie an die Münzen kamen auch mit keinem Wort?", lächelten die Herren, aber blieben trotzdem unfreundlich. „Hören Sie mal, Herr Blattmann, sagen Sie bitte alles, was Sie wissen. Sonst wird es für Sie in Paris ungemütlich! Die Polizei ist schnell da!"

„Was sollte die Polizei mir anhaben wollen?"

„Zum Beispiel illegaler Goldtransport?"

„Beenden wir die Kindereien", meinte Blattmann nun ziemlich in Rage. „Ich erzähle Ihnen schnell, wie die Starks zu den Münzen kamen. Sie nennen mir den genauen Preis, den Sie zu zahlen gewillt sind, und dann ist unsere bis jetzt ziemlich unerfreuliche Sitzung hier zu Ende!"

Dann erklärte der Zürcher kurz den Kauf des alten Sekretärs, erzählte vom bisher wohl nie entdeckten doppelten Boden, den ersten Verkaufversuch durch Monsieur Stark in Paris und dass diese durchblicken liessen, auch noch österreichische Münzen gefunden zu haben und vielleicht jetzt in Wien sein könnten, um diese dort zu verkaufen.

„Wissen Sie, das alles muss aus der Zeit sein, in der französische, österreichische und russische Truppen sich in der Schweiz bekämpften. Seitdem haben wir Ruhe bei uns, denn dies war der letzte Krieg auf unserem Boden!", erklärte Blattmann sehr gehässig.

„Ja, nachher wurde die ach so neutrale Schweiz nie mehr angegriffen, denn alle Staaten hatten dort ihr Geld gebunkert!", kam die noch gehässigere Antwort eines Mannes, der nach Einschätzung von Blattmann auch eher zum Geheimdienst zählte als zum Direktorium des Louvre, womit er, ohne es zu wissen, den Nagel auf den Kopf getroffen hatte.

Ziemlich schnell wurde der Handel abgewickelt und 400'000 Euro an eine grössere Privatbank in Zürich überwiesen auf ein Konto, das nach Entschlüsselung Herr und Frau Stark gehörte. Das Honorar von 100'000 Euro steckte Neumeier genüsslich in die Tasche unter seinem Hemd, direkt auf seiner Brust.

„Etwas altmodisch, aber immer noch wirkungsvoll! Eine letzte Frage, bevor Ihr Flug geht, Herr Blattmann: Sie haben wirklich nie etwas von Schriftstücken gehört, die diesen Münzen beilagen? Solche könnten nämlich die fehlenden Mosaiksteinchen im Gesamtbild darstellen!"

„Nein! Fragen Sie doch Monsieur Stark persönlich. Vielleicht weiss der mehr!"

„Und wie jener Offizier hiess, der offenbar beim Russlandfeldzug umkam? Auch keinen Namen gehört?"

„Abermals nein! Sie kennen ja die Anschrift der Familie Stark in Zürich. Adieu!"

Blattmann vergass in der ganzen Aufregung sein iPhone und holte dieses wenige Augenblicke später aus dem Sitzungszimmer, das erstaunlicherweise unbewacht und nicht abgeschlossen war. Nach einem kurzen Klopfen trat er ein und entschuldigte sich. Sein Handy lag noch auf dem Stuhl, auf dem er zuvor gesessen hatte. Er sah aber noch etwas anderes, was ihn völlig elektrisierte, fünf Goldstücke, die geöffnet, ja, wirklich geöffnet auf dem Tisch lagen. Er stotterte nahezu: „Was ist denn das? Die Münzen sind inwendig hohl?"

„Zu unserem grossen Schrecken ja! Mit etwas Druck auf das Bild des Kaisers öffnet sich ein ganz kleiner Hohlraum, in dem man vielleicht gar nichts verstecken kann. Man hätte dies eigentlich am Gewicht feststellen müssen. Aber wer denkt an so etwas. Lassen wir die Sache auf sich ruhen und schweigen wir am besten darüber, denn wir würden uns alle sehr lächerlich machen!"

„Haben nicht die alten Medicis in Italien, die Päpste ‚machten' und andere ermordeten, und weitere Grössen dieser Welt Ringe an den Fingern getragen, die sich durch einen leisen Knopfdruck öffnen liessen, und in deren Hohlraum sehr wirkungsvolles Gift war, das sie ganz gezielt einsetzten, mit oder ohne Stachel?", fragte Blattmann plötzlich ganz genüsslich.

„Wir interessieren uns nicht für italienische Geschichte. Also, Herr Blattmann, nehmen Sie Ihr I-Phone und beeilen Sie sich. Ihr Flugzeug startet bald, und der Verkehr in Paris ist eine Katastrophe. Am besten schweigen wir wirklich alle!"

„Kann man denn nicht durch ein Laboratorium eventuelle Giftspuren nachweisen?"

„Das wäre nach über zweihundert Jahren einfach unmöglich!"

„Heute schon. Man findet Knochen und identifiziert sie als Skelett von König Richard III von England auf Grund einer DNA-Analyse von einem sechshundert Jahre später lebenden entfernten Nachkommen!"

„Bringen Sie uns einen Nachkommen von diesem eigenwilligen Münzenpräger für Napoleons Privatallüren. Dann sehen wir weiter und informieren Sie gerne. Aber den Schaden haben wir nun sowieso, weil weniger Gold vorhanden ist."

„Das ist gewiss das kleinste Übel. Ein paar Gramm Gold sind zu verschmerzen, nicht aber der Befund, dass vielleicht auch Ihr berühmter Kaiser in die Fussstampfen der Medicis treten wollte. Das könnte immer noch eine Sensation werden, besonders für rachsüchtige Araber. In einem mit einer Petroleumlampe gespenstig erleuchteten Zelt auf einem Feldzug von damals wäre dies wirklich ein Kinderspiel gewesen, alles in ein Glas oder in einen Becher zu schütten, um jemand elegant zu beseitigen! Nochmals Adieu, meine Herren!"

„Der Kerl wird nicht nur lästig, sondern unheimlich. Sollen wir ihn aus dem Verkehr ziehen?"

„Kommt ganz darauf an, wie er sich verhält! Ja, diese Schweizer sind auch schlauer geworden!", lächelte der Geheimdienstmann. „Aber er hat mit seinem wenigen Wissen ja nicht den Code der ‚Force de frappe', dem französischen Atomwaffenprogramm, entschlüsselt! Lassen wir ihn also vorerst am Leben!"

15

„Wien ist einfach immer eine Reise wert!", konstatierte Ellen nahezu enthusiastisch nach einem Besuch in der Staatsoper und einem anschliessenden späten sündhaft teuren Imbiss in Grand Hotel Sacher, das selbst um diese Zeit noch von Besuchern überrannt wurde. Was heisst hier Imbiss. Wiener Tafelspitz ist einfach immer ein Gaumenschmaus, reisst aber in einem solchen Haus ein Loch ins Portemonnaie.

„Ja, Wien ohne Musik und Sachertorte, das wäre ja wie München ohne Biergarten mit Weisswürsten, Brezen und süssem Senf, obschon dies zwei wirklich verschiedene Geschmacksrichtungen sind", ergänzte Siegfried.
„Aber verschiedene Geschmacksrichtungen gibt's auch in der Inszenierung alter und bekannter Opern. Oder hättest du gedacht, dass eine Verdi-Oper so modern daherkommt mit dem Bühnenbild?"

„Nun, es ist alles Gewöhnungssache!"

Sie schliefen anschliessend müde und selig im Hotel Intercontinental und wollten am folgenden Morgen einen Besuch bei einem bekannten Numismatiker unternehmen, bei dem sie bereits angemeldet waren. Mit typisch wienerischem Schmäh wurden sie dort auch empfangen, und nach dem „Küss die Hand, gnädige Frau", und „Willkommen, Herr Magister", liessen Siegfried und Ellen zehn Goldstücke auf ein rotes Plüschtüchlein gleiten, das wohl extra für solche Demonstrationen auf der Verkaufstheke ausgebreitet war.

„Schöne Stücke, und gänzlich unbekannt. Müssen aus der Regierungszeit der Kaiserin Maria Theresia stammen, die 1780 hier in Wien verstorben ist. Es geht also nicht nur um den Gold-, sondern um den Sammlerwert. Und dieser ist immer relativ. Stellen Sie sich vor, zu jener Zeit zählten zum Kaiserreich Österreich-Ungarn noch grosse Gebiete im heutigen Rumänien, Böhmen, Kroatien und weiss nicht mehr was alles."

„Das hätten viele wohl doch noch gerne heute wieder!", konstatierten die Starks.

„Ja, warum nicht, es wäre besser als die heutige EU. Denken Sie nur mal an das berühmte ,Goldene Dreieck' Wien-Budapest-Prag. Aber lassen wir das! Es hat ja keinen Sinn!", meinte der Numismatiker, sichtlich etwas traurig und schwermütig geworden beim Schwärmen von der alten Zeit.

„Also auch hier ein weiterer Monarchieträumer!", flüsterte Siegfried Ellen leise zu. „Ich bin sicher, solche gibt es an vielen Orten noch zuhauf!"

„Sind Sie etwas länger in Wien?"

„Nein, wir reisen schon übermorgen wieder nach Zürich!"

„Können Sie mir wenigstens eine oder zwei Münzen hierlassen zur Abklärung? Dies braucht Zeit, und ein Studium durch geschichtskundige Leute ist gewiss auch nötig. Ich kenne da jemanden in der ‚Weltlichen Schatzkammer' in der Hofburg. Vielleicht bringt uns seine Erkenntnis weiter. Was damals die Kaiserinnen und Herrscher alles in Auftrag gaben, ist uns heute noch längst nicht alles bekannt. Nur glaube ich nicht, dass die Monarchin selbst den Auftrag zur Prägung solcher Münzen gab, auch wenn diese mit ihrem Bildnis geschmückt sind. Warum, wozu sie geprägt wurden und wie viele dieser Münzen das insgesamt sein könnten, weiß ich nicht. Mir ist bis heute nichts dergleichen in die Hände gekommen. Alles sehr aufregend und sehr interessant. Ich darf doch mal zwei Münzen auch wägen und röntgen?"

„Röntgen? Von uns aus wohl. Aber wozu sollte das gut sein?"

„Um das ‚Innenleben' kennen zu lernen!", lachte Herr Hofmeier, der Numismatiker, der sein Geschäft wirklich nahe am Eingang des riesigen Komplexes der Hofburg betrieb. „So auch eventuelle Hohlräume! Ich gebe Ihnen eine Bestätigung für die zwei Münzen, falls ich in den nächsten Tagen tot umfalle und niemand mehr Sie kennen will!", erklärte dieser weiter lachend. „Wann kommen Sie denn wieder vorbei, und wo kann ich Sie gegebenenfalls erreichen?"

„Im Intercontinental. Wenn es sein muss, können wir auch einen oder zwei Tage länger bleiben. Hier ist auch unsere Karte mit der Zürcher Anschrift unseres bescheidenen Geschäftes."

„Ah, an der Schipfe, also in der Altstadt und an der schönen Limmat! Meine Verehrung, die Herrschaften!"

„Sie kennen Zürich?"

„Ja, ziemlich gut. Ich bin oft dort zu Auktionen und diversen Kongressen! Können Sie mir noch einen Hinweis geben, wie und wo Sie in den Besitz dieser seltenen Stücke gelangt sind?"

„Das überlassen wir zunächst mal gerne Ihnen und anderen Fachleuten. Es muss doch eine Möglichkeit geben, so etwas herauszufinden!"

„Nun gut. Sie hören wieder von mir!", meinte Hofmeier.

15

Das Wägen und Röntgen sowie weitere Untersuchungen ergaben, dass der Goldgehalt und das Gewicht stimmten und die Münzen wohl echt waren. Warum und wozu diese geprägt worden waren – und vor allem auch wie viele – das blieb weiterhin im Dunkeln. Außerdem stellte sich die Frage , ob diese gewiss seltenen Stücke überhaupt aus Wien stammten oder gar als raffinierte Fälschungen der Kaiserin niemals zur Kenntnis gekommen waren.

„Und, was zahlt man für solche kuriosen Münzen? Ein verrückter Sammler natürlich gewiss jeden Preis! Aber wir? Ich schlage vor, etwa das Dreifache des reinen Goldwertes, also etwa dreitausend Euro das Stück! Schweizer wollen diese Dinge verkaufen, sagen Sie, Herr Hofmeier? Fragen Sie doch Ihre Kunden, wie diese Münzen überhaupt nach Zürich kamen. Ja, wir wissen, Zürich hatte sogar als Goldumschlagplatz eine Zeitlang London den Rang abgelaufen, so dass jene eingebildeten Banker der Londoner City gehässig von den ‚Gnomen von Zürich' sprachen. Aber das war vor wenigen Jahren, nicht vor über zweihundert Lenzen! Vielleicht finden Sie noch etwas Interessantes heraus!", sprach der Herr Hofrat von Fürstenfels und wandte sich wieder anderen Tagesgeschäften zu.

Als Hofmeier am nächsten Tag Siegfried und Ellen Stark in sein Geschäft bat und ihnen die Offerte von 3000 Euro pro Stück übermittelte, zeigten sich diese sehr enttäuscht.

„Hören Sie, wir haben auch einige französische Münzen aus jener Zeit dem Louvre in Paris angeboten. Die letzte uns bekannte Offerte lautet 30'000 Euro, *pro Stück!* Will uns hier jemand betrügen oder für dumm verkaufen?"

„Aber ich bitte Sie, meine Herrschaften! Das Angebot stammt von einem Herrn Hofrat von Fürstenfels, Direktor der ‚Weltlichen Schatzkammer' in Wien. Wenn Sie diese nur in etwa kennen, so wissen Sie, dass dort unermessliche Schätze aus vielen Jahrhunderten lagern. Der Mann hat als Spezialist seines Faches Weltruf! Von ‚Dummverkaufen' kann hier niemals die Rede sein. Vielmehr würde es den Herrn Hofrat interessieren, wie Sie in den Besitz der Münzen gelangten, die offenbar doch eine Fälschung aus jener Zeit sind!"

„Eine Fälschung?", rief Siegfried. „Das hätten die Leute vom Louvre gewiss auch herausgefunden!"

„Erzählen Sie mir bitte in aller Ruhe, wie Sie an die Münzen gelangten. Ich darf das Gespräch doch gewiss auf Band aufnehmen?"

Als Siegfried und Ellen Stark den antiken Schreibtischerwerb mit seinem doppelten Boden erneut zu schildern begannen, dachte er sogar einen Moment daran: „Wollen wir nicht das Ganze einfach vergessen, die Goldmünzen einschmelzen und – dass uns nichts mehr an die Geschichte erinnert – den Schreibtisch ebenso im Zürichsee versenken, wie Monsieur Dunand, der Mann mit gewiss falschem Namen, den offenbar bis heute niemand sucht? Vielleicht machen wir das, nur müssen wir zunächst noch den Bericht des Numismatikers Blattmann abwarten. Er ist jetzt gewiss schon aus Paris zurück. Abwarten? Warum eigentlich? Ich rufe den Mann gleich mal vom Hotel aus an!"

„Äusserst interessant. Das war also ein Möbelstück, das kurz vor dem Russlandfeldzug Napoleons angefertigt wurde?"

„Wann das Möbel angefertigt wurde, weiss ich nicht. Nur dass diese Münzen darin versteckt wurden durch einen französischen Oberst, der dann vermutlich im Russlandfeldzug gefallen ist. Das entnahm ich einem beigelegten alten Stück Papier, das bereits am Zerbröseln war. Sie sehen, vor 200 Jahren bekämpften sich die damaligen Grossmächte

Österreich, Russland und Frankreich auf Zürcher Boden. Wir haben gewiss nichts dagegen, dass sich die Leute gegenseitig abgeschlachtet haben. Aber unsere Zivilbevölkerung litt grausam darunter. Diese Armeen hätten sich doch wirklich ein anderes Gebiet aussuchen können!"

„Ja, ja! Schon gut. Können Sie dieses alte Papier nicht beschaffen und mir zustellen?"

„Ich habe es weggeworfen!"

„Das glaube ich Ihnen nicht, denn so etwas tut ein Antiquitätenhändler nicht!"

„Ob Sie es glauben oder nicht, ändert nichts an der Tatsache, dass das alte Papierchen weg ist!"

„Oder für gutes Geld in Paris verkauft?"

„Glauben Sie doch, was Sie wollen. Geben Sie mir die zwei Münzen zurück. Wir reisen morgen ab!"

„Ich warte noch auf ein vielleicht weit grosszügigeres Angebot vom Leiter der ‚Weltlichen Schatzkammer'!"

„Und wann haben Sie einen positiven oder abschlägigen Bericht?"

„Im Verlauf des morgigen Tages. Vorher kann ich Ihnen die zwei Münzen auch nicht zurückgeben!"

„Sind denn überall nur hinterlistige und schlaue Füchse am Werk?"

„Nein, Kenner der Geschichte und Interessierte an deren weiterer Erforschung! Bitte tragen Sie auch etwas dazu bei!"

„Mit Begeisterung!", erwiderte Siegfried, und zu Ellen meinte er: „In Paris und Wien erleben wir grosses Theater. Sollen wir wirklich auch noch in Moskau oder St. Petersburg versuchen, verschiedene Elemente ans Licht zu locken?"

„Eigentlich wäre ich dafür!", war die überraschende Antwort von Ellen. „Die ganze Sache wird immer verworrener und verrückter, aber auch immer interessanter!"

17

„Blattmann!", meldete sich der Zürcher Numismatiker am Telefon. „Ach Sie sind es, Herr Stark. Ich habe schöne, sehr schöne Neuigkeiten für Sie! Wo sind Sie im Moment? Können Sie nicht schnell in meinem Büro vorbeikommen? Solche Dinge bespreche ich nicht gerne am Telefon. Wer weiss denn heutzutage, wer da alles mithört!"

„Wir sind in Wien!"

„Ach so. Sie melden sich aber, wenn Sie wieder zu Hause sind? Auf Ihrem neuen Konto geht diese Tage eine stattliche Summe ein! Aber wie gesagt, alles mündlich. Läuft es gut in Wien?"

„Nicht erfreulich. Also, bis später!"

„Ellen, lassen wir Wien so schnell wie möglich hinter uns, wenn wir Bericht von unserem Numismatiker über die Weltliche Schatzkammer der Hofburg haben. Zu Hause warten vermutlich interessantere

Nachrichten auf uns. Und überlegen wir uns nachher ernsthaft, ob wir nach Moskau oder St. Petersburg reisen wollen oder den Auftrag zum Verkauf auch dem Blattmann in Zürich übertragen."

„Ja, aber zuerst wollen wir eine klare Antwort von diesen Halsabschneidern von der Hofburg. Willst du denen nicht den alten Zettel geben?"

„Vielleicht brauchen wir den noch in Russland! Die Russen sind ja liebwerte Leute, aber auch sehr misstrauisch gegenüber dem Westen!"

„Ist irgendwie ja auch zu verstehen! Schliesslich sind sie in den letzten zweihundert Jahren dreimal vom Westen überfallen worden!"

„Und zuvor waren deren Soldaten sogar in Zürich, wo sie ja auch nichts zu suchen hatten! Nur gut, dass wir ein kleines Land sind und dadurch eine einigermassen erträgliche Geschichte haben!"

„Daran ist vor allem die Schlacht bei Marignano um 1505 schuld. Zuvor waren wir in jener Zeit eine militärische Grossmacht! Und dort verloren wir auch nur durch Verrat und Doppelgesichtigkeit der Mailänder und Franzosen."

„Trauerst du denn dem nach?"

„Quatsch! Aber es wäre doch auch nicht schlecht, wenn das Tessin heute doppelt oder dreifach so gross wäre!"

„Und Mailand die Hauptstadt von Svizzera? Ich glaube, der Mussolini hätte uns das schon wieder weggenommen. Doch seien wir zufrieden, wie es ist! Klein, aber fein!"

„Nur so fein ist alles auch nicht mehr und war es noch nie!"

„Ja, das Paradies ging ja wegen der Eva mit ihres blöden Apfels verloren!"

„Du kennst die Bibel aber schlecht. Dort steht nämlich nichts von einem Apfel, sondern einfach von der Frucht! Verwechselt das eigentlich alle Welt mit dem Apfelschuss in Schillers Wilhelm Tell?"

„Woher kennst denn du die Bibel so gut? Man hört praktisch nie etwas von dir über den christlichen Glauben!"

„Ich weiss. In meiner Kindheit wurde ich damit stark konfrontiert und – wie ich damals meinte – zu stark eingeengt! Mit dem Älterwerden ändert sich allerdings die Sichtweise, und man fragt sich im Stillen oft, was im Leben denn wirklich wichtig und was unwichtig ist!"

„Du bist also doch religiös?"

„In gewissem Sinne schon! Ich hörte mal einen Spruch, den ich nie vergessen habe! ‚Wir meinen, wir sind im Land der Lebenden und gehen unaufhaltsam auf das Land der Sterbenden zu. Aber gerade das Gegenteil ist der Fall! Wir leben im Land aller Sterbenden und können auf das Land der Lebenden zusteuern!'
Ich glaube sogar, das war an der Trauerfeier meines Onkels, der irgendeiner Sekte angehörte. Warum man jene Glaubensrichtung aber mit Sekte betitelt, weiss ich bis heute nicht. Dann sind alle christlichen Kirchen Sekten, denn es ist keine mehr so, wie sie am Anfang war!"

„Wow, das war eine Predigt, und gar nicht so eine schlechte!"

18

Hofmeier erschien ganz aufgekratzt am nächsten Morgen im Hotel Intercontinental und erklärte dem Ehepaar Stark: „Die ,Weltliche Schatzkammer' ist bereit, Ihnen für die zehn Münzen 30'000 Euro zu bezahlen, mit der grossen Bitte, dem Herrn Hofrat doch noch wenn irgend möglich das alte Papierstück zuzustellen!"

„Also vermutlich bedeutend weniger, als in Paris geboten wurde!", meine Siegfried, etwas enttäuscht und doch auch dankbar, dass das Geschäft endlich abgeschlossen werden konnte.

„Vergessen Sie nicht, Herr Stark, dass der Louvre in Paris gewiss ein anderes Budget für Neuerwerbungen hat als wir im kleinen Österreich!"

„Welches ist eigentlich das grösste Museum der Welt?", fragte dieser darauf interessiert.

„Oh, da würden sich viele gewiss bis in Ewigkeit darüber streiten. Offiziell ist das der Louvre in Paris, ja. Aber ich denke, dass das British Museum in London diesen Titel auch beansprucht wie die Eremitage in Sankt Petersburg in Russland. Sagen wir einfach, die zehn besten und grössten der Welt sind alle einmalig in sich und nicht miteinander vergleichbar. Also, verkaufen Sie Ihre Goldstücke jetzt? Dann müssen Sie hier unterzeichnen. Und den Betrag von 30'000 Euro dürfen wir auf welches Konto überweisen?"

„Sagen Sie mal, Herr Hofmeier: Hat niemand Ihnen gegenüber etwas von gewissen Hohlräumen in diesen Münzen erwähnt, die durch einen Spezialmechanismus geöffnet werden können?"

„Wie bitte? Hohlräume? Nein, mit keinem Wort. Solche wären doch auch beim Röntgen entdeckt worden. Ich weiss schon, es geschah auf diesen und ähnlichen Gebieten viel in alter Zeit. Aber das hätte sich unmöglich geheim halten können!"

„Ja, natürlich. Dumme Frage, nicht?"

„Dumm ganz bestimmt nicht. Doch denken Sie daran: Fachleute sind auch in Wien nicht auf den Kopf gefallen! Mit Gift in Ringen und Münzen, da hatten wir Österreicher wohl weniger zu tun als zum Beispiel die Italiener. Unsere Devise lautete damals:

‚FELIX AUSTRIA NUBE', was soviel heisst wie ‚Glückliches Österreich heirate'. Damit machte man eventuelle Feinde notgedrungen zu sogenannten Freunden oder bekam sogar ganze Ländereien dazu. Auch ein Weg, nicht?", meinte der Numismatiker, wieder etwas verträumt in die alten Zeiten zurückblickend.

Nun, nach wenigen Stunden sassen Siegfried und Ellen wieder im Flugzeug nach Zürich und meinten zueinander: „So einen stressigen Wien-Aufenthalt erlebten wir noch nie! Wir müssen irgendwann nochmals hin, aber ohne Verkaufspläne, sondern einfach nur, um die Welthauptstadt der Musik wieder mal zu geniessen!"

„Ja, unbedingt. Vielleicht sind dann unsere Goldstücke in der ‚Weltlichen Schatzkammer' zu bestaunen, wie jene Artefakte aus der Zeit der Habsburger, oder als die Türken vor Wien lagerten und damit endlich den Kaffee nach Mitteleuropa brachten!"

„Mit dem Bild der Kaiserin Maria-Theresia? Oder gar aus der Zeit, in der im fernen Helvetien ein Krieg gegen die aufständischen Bauern von den habsburgischen Ritterheeren gewonnen wurde, obschon sie jene Schlachten alle verloren hatten!"

„Du bist halt einfach trotz allem Maulen gegen den Staat ein unverbesserlicher kleiner und auch manchmal grosser Patriot!"

„Ein wenig schon! Da hast du recht!", bestätigte Siegfried.

Zu Hause staunten sie nicht schlecht, dass auf ihrem neuen Bankkonto Überweisungen aus Paris und Wien im Gesamtwert von 430'000 Euro zu Buche standen.

„Immerhin, für einen solch alten Sekretär eine hübsche Summe. Und die russischen Münzen warten ja auch noch auf einen Abnehmer. Sollen wir dazu jetzt besser nach Sankt Petersburg in die Eremitage oder nach Moskau reisen?"

„Lass uns das gut überlegen. Immerhin könnte man ja auch Blattmann beauftragen, sich darum zu bemühen! Lass uns zunächst nochmals die alten Papiere begutachten, die bei den Münzen lagen!"

Aber alles Grübeln und Graben darin ergab nichts! Nun, gescheiter als der Restaurator im Landesmuseum Zürich waren die beiden doch auch nicht!

19

Als ihnen am nächsten Tag Blattmann ausführlicher von den Hohlraummünzen, bei denen durch Druck auf den Napoleon-Kopf Gift freigelegt werden konnte, berichtete, staunten die Starks doch nicht schlecht. Verwundert waren sie auch über den stolzen Preis, der für diese Dinger bezahlt wurde. Wollte man wirklich nach so vielen Jahren keinen Schatten auf Napoleon kommen lassen? Und wussten womöglich die Araber davon, da diese sich für die Münzen so sehr interessierten? Alles Fragen, auf die wohl kaum je eine Antwort erfolgen wird. Oder doch?

Siegfried war derart angestachelt von der ganzen Sache, dass er Ellen zuflüsterte: „Komm, lass uns eiligst nach Hause gehen und auch die Russenmünzen prüfen. Diese damaligen Zaren und Fürsten verstanden sich in diesem Geschäft gewiss mindestens so gut wie Napoleon samt seinen Freunden und Feinden."

Nach längerer Suche im Internet ergänzte Siegfried beider schon relativ umfangreiches Wissen aus jener Zeit um folgendes: „Zar Paul regierte von 1796 bis 1801 in Russland. Auf unseren Münzen muss sein Konterfei sein. Er war ein Sohn der berühmten Katharina der Grossen und ging zum Entsetzen aller bisherigen Alliierten ein Bündnis mit Frankreich ein. Vermutlich wurde er auch deshalb ermordet und regierte nur sehr kurze Zeit. Gut ein Jahrzehnt später war Napoleon mit seiner Armee in Moskau angekommen in einer Truppenstärke, die es wohl bis damals in einer solchen Form und Art noch nie gegeben hatte.

Als dann Moskau brannte und der fürchterliche Rückzug erfolge, beklagten alle beteiligten Seiten zusammen rund eine Million Tote. Und wie viele Halbtote, Krüppel, Verzweifelte, wahnsinnig Gewordene kamen hinzu? Niemand kennt deren Zahlen. Doch als Napoleon seine vor die Hunde gehende Grande Armée mit einer Kutsche an der Beresina verliess und nach Paris zurückkehrte, soll ein Bulletin gelautet haben: „Der Kaiser erfreut sich einer guten Gesundheit!" Welch ein Hohn für alle, die das riesige Drama mit dem Leben bezahlten und die Hölle durchlebten!

„Vielleicht finden wir irgendwo in diesem riesigen Knäuel doch noch eine Antwort auf unsere Fragen, wer wann wo und wozu diese Münzen überhaupt geprägt hat, denn ich habe das unbestimmte Gefühl, dass diese russischen Goldstücke innen auch einen kleinen Hohlraum aufweisen könnten. Nur, alles Drücken auf den Kopf des Zaren bringt hier nichts!", murrte Siegfried nach unendlich vielen Versuchen, die Münzen zu öffnen.

„Die Russen sind eben nicht auf den Kopf gefallen! Das siehst du hier!", lächelte Ellen. „Und wir zwei werden immer besser im Fach Geschichte!"

Nur war das, was zur Prägung der Münzen in Frankreich um 1800 herum führte, nicht offizielle Geschichte. So schlug auch ein französischer Diplomat einem russischen Grossfürsten namens Nikolai auf seinem prunkvollen Landsitz in der Nähe von Moskau vor: „Euer Hochwohlgeboren, es wird an vielen Orten nicht gern gesehen, dass seine Majestät, Zar Paul, mit Frankreich einen Bund gemacht hat. Es könnte gut sein, dass nach dem Leben seiner Majestät getrachtet wird. Ihr seid doch ein spezieller Freund seiner Majestät und bei ihm in besonderen Gnaden!"

„Ja, ich erfreue mich der Gunst seiner Majestät! Was schlagen sie vor, Colonel Victor de Graffenried, Ihres Zeichens französischer Militärattaché in Moskau?"

„Ich kenne da in Paris einen Falschmünzer, der ausgezeichnete Arbeit leistet. Ein paar Münzen mit dem Bild des Herrschers, die dann stets in seiner Börse liegen, mit einem kleinen Hohlraum versehen und gefüllt mit einem wirksamen Gift in Pulverform, das wäre doch eine Waffe der besonderen Art! Durch einen geheimen Öffnungsmechanismus, nur dem Zar und dem Kaiser bekannt, kann ein Gegner in wenigen Sekunden ausgeschaltet werden, bei einem guten Schluck Champagner oder Wein.

Alles, was ich dazu bräuchte, ist ein wenig Gold. Das Wissen wie, das ist in meinem Kopf und im Hirn dieses Falschmünzers. In zwei oder drei Monaten bin ich wieder zurück und bringe Ihnen, Fürst Nikolai, soviel Münzen mit dem Bild des Zaren, wie sie wünschen. Dieser wird Ihr Geschenk gewiss mit Freude annehmen und Sie dafür nie vergessen!"

„Wie viel Gold benötigen Sie?"

„Nun, das kommt auf die Anzahl Münzen an, die Sie benötigen, und dann natürlich auch auf das Honorar für den Münzenpräger in Paris!"

„Reichen drei Kilogramm?"

„Ich denke für jeden von uns so um die zwanzig Münzen, mehr benötigen die Majestäten wohl nicht, und für die Bezahlung des Münzenmachers reicht dieses Gold!"

„Sie können die drei Kilogramm morgen abholen, heute in meinem Palast übernachten und sich zur Vertreibung von Langeweile noch eine Gespielin unter meinen weiblichen Bediensteten aussuchen. Ich habe deren viele Hübsche und erwarte einfach eine entsprechende Gegenleistung, wenn ich Sie in Paris besuche!"

„Naturellement, Monseigneur!"

Fürst Nikolai wartete allerdings jahrelang vergebens auf die Münzen. Nach dem Überfall Napoleons auf Russland hörte er aus dem Stab eines der französischen Marschälle, dass auf dem Rückzug der Grande Armée auch Oberst Victor von Graffenried gefallen sei. Wann genau und wo, das konnte niemand sagen. Auch hohe Offiziere starben damals auf beiden Seiten wie räudige Hunde im Schnee, in der klirrenden Kälte und im Dreck oder durch Partisanen und Verrat.

Wie gesagt, diese Geschichte wurde nie aufgeschrieben. Aber sie lebte im Kopf des armen russischen Mädchens weiter, das damals in jener Nacht von einem hochgestellten französischen Lüstling und Oberst vergewaltigt worden war. Und sie lebte in den Köpfen aller ihrer Nachkommen, auch des

Sohnes, der ausgerechnet durch den französischen Colonel gezeugt wurde, sehr lebendig weiter, und zwar von Generation zu Generation, bis heute …

Russen sind es gewohnt, viel zu leiden und zu ertragen. Aber nicht von Fremden, sondern nur vom heiligen Mütterchen Russland selbst und den eigenen Herren. Viele Männer, wenn sie vom Alkohol eine gelöste Zunge haben und eine hübsche Frau im Bett, beginnen dort zu plaudern. So erzählte auch Graffenried von seinem Plan mit dem Gold, und dass ihr Herr weder Barren noch Münzen wiedersehen werde. Er nehme sie gerne mit nach Paris. Sie würde es dort viel besser haben als hier als Magd.

Nur, am andern Morgen hatte der Herr Oberst anscheinend alles vergessen. Wie es sich gehörte, verliess sie in der Nacht das prunkvolle Zimmer des Obersten, der am Morgen züchtig allein in seinem Bett ruhte und schnarchte. Und die Magd getraute sich nicht, dem Fürsten das Gehörte zu erzählen. Sie wäre vermutlich ja doch nur ausgepeitscht und zum Teufel gejagt worden.

So lebt heute in Moskau ein Mann namens Jury Persinkow, ein Nachkomme jenes leibeigenen Mädchens bei Fürst Nikolai. Jury schrieb die Geschichte als Erster auf und wollte unbedingt alles darumherum erforschen. Sollte ihm dabei das Schicksal zu Hilfe kommen?

20

Ja, es kam Jury zu Hilfe, denn es findet oft eigenartige und eigenwillige Wege. Wie unzählige andere Adelige flüchtete Fürst Nikolais Ururenkel während der Oktoberrevolution in Russland mit ganz kleinem Gepäck nach Frankreich, denn sie sahen ihre Tage im heiligen Russland gezählt. Er verdiente dann später als Taxichauffeur in Paris sein Brot und war ganz froh, mit dem Leben davongekommen zu sein. Er kannte die Geschichte seines Ururgrossvaters und meinte dazu: „Unsere adligen Vorfahren waren eigentlich Halunken sondergleichen. Kein Wunder, dass dabei der Kommunismus entstanden in einem Meer von Blut ist. Doch auch die neuen Machthaber waren zumeist Halunken. Im Grunde ist der Mensch ein Scheusal!"

Das waren eigentlich seine letzten Worte an seine Nachkommen, von denen sogar heute noch einer lebt mit Namen Nicolas, der die hübsche Französin Simone zur Frau hatte und über eine ganze Flotte von Taxis regierte. Diese aufgeweckte und lebensfrohe Simone lehrte an der Sorbonne Geschichte und forschte an den Beziehungen und Schicksalen der beiden Nationen Russland und Frankreich.

„Du, ein Nachkomme des Fürsten Nikolai wollte mit einem französischen Oberst de Graffenriet ein Geschäft besonderer Brisanz machen und wurde schmählich betrogen. Du solltest doch auch ein wenig Interesse haben, wie jene Geschichte ausging!", meinte Simone gerade kürzlich wieder zu ihrem Mann.

„Ich bin ein Nachkomme des Taxifahrers Nicolas, der aus Russland flüchten musste! Und wie die Geschichte ausging, das kann ich dir schon sagen, Simone! Sie sind alle tot, die damals mitgemischt haben. Und darum lass doch die Sache endlich ruhen!"

„Du interessierst dich für Geschichte einfach so viel, wie ein Ochse für Schokolade!", murrte sie etwas gekränkt zu ihrem Ehegefährten.

„Hat dies schon jemand probiert? Vielleicht frisst der Ochse auch Schokolade, wenn er Hunger hat!", lachte Nicole. „Kommst du mit nach Moskau für einen Städteflug?"

„Aber gewiss! Ein alter Wunsch von mir! Man muss deinem Volk mehr Kultur und weniger Politik empfehlen!"

„Meinem Volk? Das sind die Franzosen! Und da hast du völlig recht mit deinem Vorhaben. Wird bestimmt schwierig werden!", lachte Nicole.

Und Simone, die gerne das letzte Wort haben wollte, meinte lässig gähnend: „Ich habe übrigens herausgefunden, dass der Name Graffenried kein typisch französischer, sondern eher ein Schweizer Name ist. Vielleicht war jener berüchtigte Oberst bei Napoleon auch ein Schweizer, und zwar aus der Stadt Genf! Nur war Genf damals noch nicht ein offizieller Kanton der Schweiz, sondern nur ein zugewandter Ort zur Eidgenossenschaft!"

„Ja, und? Es gab Tausende von Schweizern in Napoleons Armee, aus der damaligen La Suisse und aus deren zugewandten Orten!"

„Aber ich bohre hier weiter. Der hatte doch die Idee mit den Hohlmünzen, gefüllt mit Gift! Von einem leitenden Louvre-Angestellten hörte ich rein zufällig, dass beim grössten Museum der Welt, das der Louvre behauptet zu sein, kürzlich jemand aus der Schweiz da war und besondere Goldmünzen von Napoleon verkaufen wollten. Offiziell weiss niemand etwas davon, und es sind auch keine neuen Ausstellungsstücke auf diesem Gebiet zu verzeichnen!"

„Das haut die Leute ja um vor Neugierde. Was die im Louvre so alles offiziell und auch inoffiziell treiben, ist sowieso ein Buch mit sieben Siegeln, die auch du nicht brechen wirst!"

„Spotte nur. Aber ist es nicht interessant, dass sich sogar unser Geheimdienst eingeschaltet hat?"

„Nein, der schaltet sich überall ein! Was wollte denn dieser im Louvre?"

„Siehst du, es interessiert dich doch. Ich recherchiere mal weiter. Aber zuerst wollen wir nach Moskau. Hast du schon ein Hotel reserviert?"

„Ja, Swissotel Krasnye Holmy! Sehr schön, laut Prospekt, allerdings grauenhaft teuer, wie alles in Moskau, besonders wenn noch Swiss im Namen steht!"

21

Der Zufall wollte es dazu noch, dass die Starks aus Zürich, Nicolas und Simone Bouganville, so der Familienname der beiden aus Paris, zur gleichen Zeit im gleichen Hotel in Moskau eintrafen. Nun, so gross ist solch ein Zufall nun auch wieder nicht, denn es sind immer etwa die gleichen zehn Häuser in einer gewissen Preisklasse, die für Touristen auch in einer Zwölf-Millionen-Stadt in Frage kommen.

Ein wirklich grösserer Zufall war es aber, dass Jury Persinkow in jenem Swissotel als Oberkellner arbeitete und so die halbe Welt zu Gast hatte und in etlichen Sprachen etliche Sätze sprach. Es speisten an diesem Abend eigentlich nur wenige Leute im Hotelrestaurant. Viele wollten russische Speisen geniessen und endlich einmal weg von der internationalen Küche pausieren. So wurde ausgerechnet Jury am Tisch von Siegfried und Ellen gefragt, ob er denn nicht in Moskau einen bekannten Numismatiker kennen würde. Ebenfalls in Französisch antwortete Jury, hellhörig geworden: „Ich werde mich gerne erkundigen und Ihnen so bald wie möglich Bericht geben! Kommen Sie aus Frankreich, meine sehr verehrten Gäste?"

„Nein, aus der Schweiz, aus Zürich. Haben Sie schon mal von dieser Stadt gehört?"

„Aber ich bitte Sie! Wer hört denn nicht von Zürich. Besonders in einem Haus wie hier, in dem hundert Nationen verkehren!"

Und am Tisch der Bouganvilles wurde am selben Abend derselbe Jury gefragt, ob er denn nicht einen Tipp geben könnte, wo ein Münzsachverständiger in Moskau zu finden sei. „Ich werde mich bemühen, einen solchen für Sie eruieren zu können und gebe Ihnen schnellstmöglich Bericht. Kommen Sie aus Frankreich, Herrschaften?"

„Ja, aus dessen Herz, nämlich Paris!"

„Ein Ziel meiner Träume!", meinte Jury mit einer kleinen Verbeugung.

Am nächsten Tag standen die üblichen Besichtigungen auf dem Programm, der Rote Platz, der Kreml mit seinen goldenen Türmen und den vielen Palästen, die Basilius-Kathedrale, die immens grosse Zaren-Kanone und die riesige Zarenglocke, mit denen vermutlich nie geschossen und geläutet wurde, ein

typisch russisches Essen in einem auf russisch ge-
trimmten Lokal und was eben alles so dazu gehört
wie Kosakentanz und viel sehr teurer Wodka.

„Eindrücklich, nein gewaltig, riesig, und doch alles
so steril und irgendwie unecht!", meinte Ellen.

„Ja, wie ein Bilderbuch aus der Vergangenheit, und
drum herum dieser Riesenmoloch einer Stadt. Aber
doch interessant, dies einmal zu sehen!", erwiderte
Siegfried, schon ziemlich mild gestimmt wegen des
guten und sündhaft teuren Wässerchens.

„Die russische Seele ist schon eine Welt für sich!",
erklärte Jury den beiden Ehepaaren aus Frankreich
und der Schweiz am nächsten Abend in der Bar des
Swissotels. „Um sie zu begreifen, muss man etliche
Zeit im Land selbst verbringen. Ich weiss, dazu haben die meisten leider keine Zeit. Sehr schade!"

Er hatte alles arrangiert, dass die Schweizer und die
Franzosen praktisch nebeneinander zu sitzen und so
automatisch miteinander ins Gespräch kamen. „Sie
haben ja bei mir beide ähnliche Wünsche geäussert!
Vielleicht könnten wir das Gespräch gemeinsam
fortsetzen?"

„Von uns aus!", meinten beide Paare, aber vorerst
wenig begeistert. „Was geht denn die *unsere* Ge-

schichte an? Nichts!", dachten sie zunächst gegenseitig von den andern.

Nun, das änderte sich bald unter Jurys geschickter Gesprächsführung. Er erzählte wie beiläufig seine lange und unglaubliche Geschichte, woher er ursprünglich abstammte und was er für Gedanken hatte, um diese Geschichte irgendwie zu vervollständigen. Die Zuhörer wurden immer aufmerksamer und fragten sich: „Träumen wir oder sind wir wach? Wir stochern doch auch in einem Teil dieser Story herum!"

„Sie, Jury, haben also in Ihrem Blut auch Gene von einem Oberst de Graffenried? Vermutlich war dieser Mann sogar Schweizer!", bemerkte nun plötzlich ganz aufgeregt Simone Bouganville.

Und Nicole fügte hinzu: „Sie können mich jetzt umbringen, denn in mir sind vermutlich noch ein paar Tropfen Blut von jenem Fürst Nicolai, dessen leibeigene Magd Ihre Mutter war!"

„Sie umbringen, Monsieur? Wir Russen sind zwar manchmal grausam, aber können auch dicke Freunde werden! Von mir aus also gerne, wenn eine über zweihundertjährige Geschichte noch gut endet? Vielleicht freut sich in einer anderen Welt noch jemand darüber!", erklärte Jury ziemlich fromm, doch in seinem Innersten begann es zu kochen, nein, zu toben.

„Endlich!", dachte er. „Endlich kann ich mich rächen! Es gibt also doch noch eine Gerechtigkeit! Zum Satan mit dem ganzen Pack aus dem Westen!"

„Ja, Ihr Russen! Auch der Kommunismus konnte bei vielen den Glauben nicht zerstören, denn eure Seele war stärker!", konstatierte Siegfried, irgendwie bewundernd. Er bemerkte nichts vom inneren Wandel Jurys.

„Nun, wir können auch ein wichtiges Puzzle zum Gesamtbild beitragen dieser alten Geschichte, denn wir fanden in Zürich diese besonderen Goldmünzen in einem antiken Sekretär, der einem Oberst von Graffenried gehört hatte, und der beim Rückzug der Grande Armée aus Russland ums Leben kam. Er muss also tatsächlich solche Geldstücke in Auftrag gegeben haben. Dieser Graffenried war zuvor schon in den Kämpfen zwischen Franzosen, Russen und Österreichern in Zürich dabei und hatte sich in ein hübsches Mädchen verliebt. Da dort die Franzosen die Schlacht verloren hatte, erklärt sich auch der Verbleib des Obersten in der Schweiz, denn er war vermutlich Schweizer, verbrannte seine französische Uniform und lebte einfach als normaler Bürger in Zürich. Wollen Sie mal eine solche Münze sehen?"

„Aber ja, brennend gerne! Haben Sie den welche dabei?"

„Nur einen Moment! Ich hole eine solche aus unserem Zimmer-Tresor!"

„Dort sind solche ausserordentlichen Dinge aber kaum sicher!", gab Jury sofort zu bedenken.

„Es sind nur zwei, und in Schweizer Pralinen versteckt, die im Zimmerkühlschrank schlummern!", lächelte Siegfried beruhigend.

„Die französischen und österreichischen Münzen haben wir schon verkauft. Die Napoleon-Münzen haben tatsächlich ein kleines Geheimfach, einen Hohlraum, der sich durch Druck auf das Konterfei des Kaisers öffnen lässt und in dem vermutlich Gift lag. Also ganz so, wie es unsere sauberen Herren Vorfahren damals besprochen hatten!", präzisierte Ellen. „Die russischen Münzen hingegen liessen sich bis jetzt bei allen Versuchen nicht öffnen, wo hingegen die österreichischen Goldstücke gar keinen Hohlraum aufweisen! Vermutlich war dort damals der Drang nach Ermordung nicht so ausgeprägt. Angefertigt wurde alles ziemlich sicher in Paris, und zwar durch einen Araber, der vor gut zweihundert Jahren dort lebte und wirkte!"

„Darf ich mal so eine Münze in die Hand nehmen?", fragte Simone etwas scheu.

„Aber natürlich. Und suchen Sie doch gleich auch den geheimen Mechanismus des Öffnens. Ich bin fast überzeugt, dass diese Dinger auch diesen kleinen Hohlraum haben!", bat Siegfried, der stolz das Wunderding zeigte.

„Wenn ich dann auch mal nachsehen könnte?", stotterte Jury hervor. Ich war nämlich gestern bei einem alten Numismatiker hier in Moskau. Der hat in seinem Leben auch schon mehr gesehen als die meisten gewöhnlichen Sterblichen!"

„Ein Russe?"

„Kaum! Ich vermute eher ein Juden, ein Libanesen oder ein Druse, der alle Gräuel überlebt hat und nun steinalt ist. Aber es scheint, dass dieser Mann mit allen Wassern gewaschen und mit allen Salben geschmiert und zuvor von allen Hunden gehetzt war!"

„Interessant!"

„Ja, sehr! Er erwartet Sie morgen Nachmittag in seiner Wohnung, wenn Sie Interesse haben!"

„Kann man den Mann telefonisch erreichen? In welcher Sprache unterhält man sich mit ihm?"

„Wenn Sie wollen in etwa sieben verschiedenen, darunter sogar Deutsch! Aber ein Telefon sah ich noch nie bei ihm!"

22

Alle waren aufs Äusserste gespannt auf den alten Numismatiker, der in einer klitzekleinen Wohnung, die vollgestopft war mit allen möglichen und unmöglichen Dingen, wie ein alter Pascha auf einem abgewetzten Sessel thronte. Sein weisser Bart, seine hundert Runzeln und Falten im Gesicht und die listigen und flinken Äuglein gaben ihm das Aussehen einer Gestalt aus einem Märchenbuch.

„Guten Tag, Bonjour, die Herrschaften! Bitte fragt mich jetzt nicht nach meiner Nationalität. Ich bin Russe und Weltbürger zugleich und hoffe noch wie ein alter Narr, dass sich die Worte von Schiller in seiner ‚Ode an die Freude', die Beethoven so grandios vertonte, eines Jahres doch erfüllen: ‚Alle Menschen werden Brüder'! Mein Name ist einfach Väterchen Oleg! Willkommen in meiner skurrilen Welt aus jetzt noch fünfzig Quadratmetern! Das riesige Russland ist bekannt für seine kleinen, aber urgemütlichen Wohnungen!"

Als dem eigenwilligen Alten die Münze gezeigt wurde, meinte er sofort: „Sieh mal an, unser Zar Paul, der nur ein paar Jahre regierte, weil er sich mit den Franzosen verbündete und dies wohl mit dem Leben bezahlte. Ich habe noch nie eine Münze mit seinem Bild gesehen!"

Als ihm nun die näheren Umstände, wie die Starks zu dieser Münze kamen, geschildert und auch der Verdacht erörtert wurde, dass diese einen Hohlraum oder einen doppelten Boden haben könnte, fingerte Väterchen Oleg schweigend etwa zehn Minuten am Goldstück herum, bis er schliesslich einen kleinen heiseren Schrei ausstiess und meinte: „Jupps! Jetzt ist sie offen, und hier habt Ihr den Hohlraum!"

„Wie haben Sie denn das Ding geöffnet?"

„Das könnte ich nun ja als Geheimnis mit ins Grab nehmen. Aber ich glaube, Ihr habt mir noch längst nicht alles über diese verrückte Geschichte erzählt! Also: Ein Geheimnis gegen das andere! Hier drinnen in diesem kleinen ausgesparten Hohlraum der Münze war übrigens vermutlich Gift. Also seien wir etwas vorsichtig. Man weiss nie, wie lange solche Substanzen halten. Bei Ausgrabungen in Ägypten bei den alten Pharaonen hielten sie zum Teil über Jahrtausende!"

„Wenn das keine Märchen sind!"

„Ja, man weiss nie genau, welches Märchen wahr und welche Wahrheit ein Märchen ist!", lächelte Oleg. „Also?"

Sie erzählten dem pfiffigen und doch staunenden alten Mann praktisch die ganze Story, soweit sie ihnen bekannt war, bis dieser meinte: „Und nun wollt Ihr diese total zehn Münzen hier in Russland so teuer wie möglich verkaufen? Seid Ihr verrückt? Das ist viel zu gefährlich und zu riskant. Ich glaube, Ihr würdet nicht mehr lebend nach Hause kommen. Die alten Seilschaften der verschiedenen Geheimdienste funktionieren nämlich auch heute noch, wenn gleich auch unter neuen Namen. Warum die Araber oder dann auch die Franzosen euch nicht schon ins Jenseits schickten, ist mir schleierhaft. Vielleicht kommt das noch, wenn Ihr nicht vorsichtig genug seid!"

„Warum sollten wir umgelegt werden? Das sind doch so alte Geschichten, dass sie heutzutage geradezu skurril wirken?"

„Nicht, wenn es um den Nationalstolz der Völker geht, der durch Lächerlichkeit zum Teufel gehen kann!", erklärte Oleg. „Ich rate euch, geniesst mit mir noch einen schönen Abend in Moskau, und dann darf ich vielleicht um diese eine Münze als Erinnerung bitten für meine Kuriositätensammlung, und Ihr geht unauffällig als normale Touristen so schnell wie möglich heim. Noch eines versuche ich herauszufinden: Was wollen und planen hier arabische Extremisten wohl noch zusätzlich, nebst natürlich immer dem gleichen Ziel, den Westen kaputt zu machen? Hütet euch auch vor gewissen Louvre-Leuten! Denen traue ich nicht, denn sie könnten unterwandert sein. Hingegen sind die Österreicher für solche Geschichten aus alter Zeit immer zu haben, ohne gleich zu töten und zu morden!"

„Erklären Sie uns nun gelegentlich, wie Sie das Hohlfach gefunden haben? Mit Druck geht hier nichts. Aber vielleicht mit Drehen, Ziehen oder Klopfen?", fragte immer noch aufgeregt Siegfried Stark.

„Ja, mit Drehen! Sehen Sie, genau so!", lächelte Oleg, nahm eine Münze zwischen zwei Finger der rechten Hand und drehte dann mit der Linken gegen den Uhrzeigersinn, bis ganz in der Mitte des Goldstückes ein kleines Hohlfach aufschnappte. „Man brauchte dazu nach all diesen Jahren ein paar Tropfen einer öligen Substanz, denn Sie können sich gewiss vorstellen, dass alles ein bisschen eingeschnappt war! Wie gesagt: Vorsicht wegen des alten Gifts, das sich vielleicht nicht restlos verflüchtigt hat!"

„Kennt denn niemand von uns allen im Louvre in Paris einen Mitarbeiter oder eine Angestellte, die etwas mehr weiss über die alten und neuen Araber in Paris?", fragte nun Ellen.

„Ich kenne von der Sorbonne her viele Leute, muss diese aber erst mal durch einen Raster fallen lassen, um vielleicht doch auf jemand zu stossen, den man diskret angehen könnte!", erläuterte Simone.

„Mach das, mein Liebling", erwiderte ihr Mann. „Aber sei vorsichtig und traue niemandem ausser dir selbst!"

„Du glaubst es vielleicht nicht, das mache ich schon länger so! Die Welt ist und bleibt ein verlogener Haufen!"

Der russische Abend, zu dem Oleg nun alle einlud, war das, was man ab und zu vom Feste feiernden Brüderchen und Schwesterchen hört. Der Tisch bog sich nahezu unter den deftigen und fetten Speisen, dazu floss der Wodka in Strömen und manch ein wirklich guter Trinkspruch liess immer wieder die Gläser heben, bis alle beschwipst waren. Aber wenn eben alle „Öl am Hut" haben, spürt man dies nicht mehr so deutlich, sondern ist einfach fröhlich, singt Lieder und tanzt sogar bis zum Umfallen.

„Ist es nicht schön in Russland?", fragte Oleg in die feuchtfröhliche Runde. „Das ist genau der Grund, warum ich hier bleibe bis zum letzten Atemzug. Bevor Ihr nun morgen alle abreist oder weiter den Touristenhorden folgt, ausser natürlich Jury, will ich noch ein Geheimnis lüften, das wohl niemand mehr kennt oder kennen will! Das Geheimnis über mich, den alten Oleg! Wie Ihr vermutlich recht vermutet, bin ich kein echter und gebürtiger Russe, sondern ein Serbe aus Belgrad. Aber kommt jetzt zurück in meine Wohnung. Die ist abhörsicher!"

23

„So, liebe Freunde", begann Oleg eine längere Rede, „hier sind wir sicher vor Abhörgeräten, ausser meine Freunde aus dem technischen Dienst seien auch schon etwas durchgeknallt und senil wie ich. Doch ich denke, hier kann man offen reden. Der alte Churchill von Grossbritannien hatte schon recht, im Zweiten Weltkrieg vorschlug, nicht zuerst in der Normandie zu landen und Europa vom Westen und Süden nach Osten von den Nazis zu säubern, sondern sich mit Tito und seinen Partisanen in Jugoslawien zu verbünden und dadurch so weit nach Osten wie möglich zu gelangen.

Dann hätte die Sowjetunion nie die Bedeutung bekommen, die ihr später zukam, denn sie hätte sich auch nie mit einem ganzen Gürtel von Satellitenstaaten umgeben können. Es hätte vermutlich kein geknechtetes Osteuropa gegeben. Doch niemand mehr hörte auf Churchill, denn wer die Kasse und die Masse hat, der befiehlt, nicht wer die Klasse hat!

Und die Amerikaner waren zwar immer gerissene Geschäftsleute, aber schlechte Politiker.

Ich selbst war damals bei Titos Partisanen in den Bergen Serbiens und erlebte Freundschaft und Feindschaft, Furchtbares und Schönes. Ich hiess zwar immer Oleg, denn Serbien und Russland sind alte Freunde, dazu kam noch ein echter serbischer Name mit dem heute für manche berüchtigten „vic" am Schluss. Jetzt bin ich für alle und immer einfach der Oleg Russki. Und wisst Ihr, wo ich vor dem Zweiten Weltkrieg Jura studierte? An der Sorbonne in Paris! Natürlich war damals noch fast ganz Nordafrika unter französischer Herrschaft. Aber schon in jenen Tagen gab es Verschwörungen, sich von der Faust Frankreichs befreien und sich rächen zu wollen.

Ich genoss meine Studienzeit in Paris und weilte auch viel und oft im Louvre. Von so einer Fülle von Geschichte und Geschichtchen, Informationen, Kunst auf allen Gebieten umgeben, sog ich alles auf wie ein trockener Schwamm und musste sogar vorsichtig bleiben, dass ich bei kühlem Verstand blieb. Im Louvre lernte ich 1938 einen Araber kennen, der auf unvorstellbare Dienste für dieses Museum zurückblicken konnte. Er nannte sich zunächst Prof. Dr. Hamada Ben Mohammad, tauschte dann seinen Namen in französische Laute um! Er lebt nicht mehr, aber seine Ideen umso mehr. Nachdem die

Deutschen Paris besetzten, musste ich nach Belgrad zurückkehren. Nach dem Krieg zog ich dann sogar nach Moskau, um beim KGB eine ziemliche wichtige Position zu bekleiden. Der äusserst interessante Kontakt mit den Arabern in Paris blieb mir erhalten, bis dieser vor wenigen Jahren völlig abbrach. Es existiert eine ganze Gruppe von Verschwörern, die das einzige grosse Ziel anstrebt, Frankreich zu destabilisieren und eines Tages zu besiegen, und zwar moralisch wie auch militärisch.

Angefangen zu agieren hat diese Gruppe bereits zu Zeiten Napoleon Bonapartes in Paris, zunächst mit einer Falschmünzerei. Dort wurden auch die komischen Goldmünzen mit dem Giftdepot geprägt, die dann zweihundert Jahre lang verschwunden waren. Grossmächte und Reiche kommen und gehen. Und das ist auch gut so. Gewiss, es wäre schade, jammerschade um Frankreich, sollte dieses eines Tages unter die Knute der Araber kommen. Nur, soweit ist es noch nicht. Und ich trug immer dazu bei, dass der französische Geheimdienst orientiert wurde über die laufenden und aktuellen Pläne dieser Gruppe. Nur die Nummer eins, die habe ich nie verraten. Meine Lebenszeit ist eigentlich schon längst vorbei, und ich werde demnächst sterben. Zuvor möchte ich aber noch ein Buch herausgeben mit der ganzen Geschichte dieser Goldmünzen und über die daran Beteiligten.

Ob dann am Schluss noch der Name von Number one genannt wird, weiss ich noch nicht. Vielleicht ist diese Nummer eins inzwischen auch ausgewechselt worden. Ebenso ist noch unklar, ob ein solches Buch in Russland überhaupt gedruckt würde. Darum suchte ich schon lange Freunde, die nach meinem Tod das Manuskript erhalten und gegebenenfalls das Buch auch in einem anderen Land herausbringen könnten. Ich glaube, diese Freunde habe ich heute in euch gefunden!"

24

Drei Wochen nach dem denkwürdigen Erleben in Moskau flatterte in Zürich und Paris bei den Starks und Bouganvilles eine seltsame Todesanzeige in den Briefkasten. Auf Russisch und Französisch wurde mitgeteilt, dass Boris Russki im hohen Alter von nahezu hundert Jahren seine Augen für immer geschlossen habe. Die Beisetzung fände auf dem Ehrenfriedhof in Moskau statt, da Oleg grosse Verdienste um das russische Vaterland erworben habe. Beigesetzt wurde Oleg im dortigen Grab seiner Frau Katja. Unterzeichnet war die Anzeige mit „Die Trauerfamilien".

Nur, *wer* diese Trauerfamilien waren, das blieb geheim.

„Versuch doch mal, Jury im Swissotel anzurufen, Siegfried. Sicher wird jedes Gespräch abgehört und registriert, aber du kannst dich ja einfach mal näher erkundigen über das tragische Abscheiden unseres Freundes Oleg. Frag doch, ob wir nochmals nach Moskau reisen sollen, um dem Toten die letzte Ehre zu erweisen!", äusserte sich Ellen, sichtlich betroffen über den doch so plötzlichen Tod des alten Russen-Serben. „Wir hoffen nur, dass Oleg wirklich eines natürlichen Todes gestorben ist. Eine Antwort auf solche Fragen bekommen wir gewiss nie!"

„Und dann rufe ich unsere Freunde Nicole und Simone in Paris an! Oleg war bestimmt ein grossartiger und interessanter Mensch, aber in gewissem Sinn auch doppelbödig, janusköpfig und mit zwei Seelen in der Brust. Oder kannst du dir einen ehemaligen Geheimdienstmann anders vorstellen?", reagierte Siegfried.

„Nein, bestimmt nicht. Doch Oleg war ein Original und trotz des hohen Alters eigentlich noch gesund. Ist das normal, dass er einige Tage nach unserem Besuch dort stirbt? Gewiss gibt es auch in Moskau viele Araber!", stellte Ellen lakonisch fest.

„Und auch den etwas undurchsichtigen Jury vom Swissotel!"

Jury gab sich am Telefon ziemlich zugeköpft und meinte, dass sie selber entscheiden müssten, nochmals nach Moskau zu kommen. „Der Ehrenfriedhof ist ein sehr berühmter und schöner Ort!", meinte er dann plötzlich etwas euphorisch. Dann war die Telefonleitung plötzlich tot.

Einige Tage später sassen die Starks und Bouganvilles wieder im Flugzeug nach Moskau. Das Wetter dort passte zum Vorgefallenen: Es war trüb, nass und eigentlich für die Jahreszeit schon sehr kühl. „Wir hätten Mäntel mitnehmen sollen!", konstatierte Ellen.

„Wer weiss, vielleicht wird uns trotz dem scheusslichen Wetter doch noch recht heiss!", erwiderte ihr Mann darauf.

Jury war sehr nervös. Er meinte, hastig umherblickend: „Ihr hättet nicht anrufen sollen! Ich werde vermutlich ständig überwacht. Oleg liess mich am Vortag seines Todes zu sich kommen mit der Vermutung: ‚Hör mal Junge, die sind mir vermutlich doch auf die Schliche gekommen. Und dies vor allem wegen meiner vielen Auslandskontakte. Nimm sicherheitshalber mein Manuskript an dich und lies alles durch. Was du in deinem Kopf hast, brauchst du nicht mehr auf Papier. Dann schmeiss es weg! Wenn mir demnächst etwas zustösst, dann stecken meine sauberen Freunde dahinter. Ein wenig gestreichelt werden von einigen Mächtigen, ein wenig vermeintliche Ehre, ein paar Privilegien, lassen auch heutzutage alle Skrupel schwinden. Mit dem Wort Vaterlandsliebe kann man halt vieles entschuldigen.

Junge, wenn du irgendwann mal ein Buch raus bringst in einem namhaften Verlag und mit einer guten Werbung im Hintergrund, dann werde ich dir aus einer anderen Welt zulächeln. Mach das Beste aus deinem Leben und verschwinde, sobald du kannst, aus Russland. Es wird dir dann nur eines fehlen, und zwar überall auf der Welt: Ausgerechnet die Weite und unendliche Grösse von ,Mütterchen Russland'. Aber niemand hat irgendwo alles. Das Paradies ist schon längst verloren! Mit einer stürmischen Umarmung schob er mich dann aus die Tür, und ich sehe immer noch in seinen Augenwinkeln ein paar Tränen schimmern!"

Äusserst nervös blickte Jury während seiner stossweise herausgepressten Worte um sich und liess wegen allfälliger Wanzen auch extra den Wasserhahn laufen und rauschen. Kameras waren in diesem versteckten Raum des Hotels gewiss keine vorhanden. „Treffen wir uns morgen Mittag alle auf dem Ehrenfriedhof? Dieses wirkliche Kleinod ist mit der Metro schnell zu erreichen und liegt nur wenige Kilometer vom Stadtzentrum entfernt."

„Ja, morgen Mittag sind wir dort", meinten die Starks und Bouganvilles etwas befremdet. „Ist denn die Überwachung heute noch so wie zu Sowjetzeiten?"

„Wenn nicht noch mehr! Beim Grab habe ich auch Boris Aufzeichnungen versteckt. Dort sucht sie bestimmt niemand, im Gegensatz zu meiner kleinen

Wohnung und zum Hotel hier!", erklärte Jury, „wo jederzeit alles auf den Kopf gestellt werden kann. Also, bis morgen!"

146

25

„Jury ist komisch geworden! So nervös und aufgeregt sahen wir ihn noch nie!", konstatierte Ellen, und
die anderen bestätigten ihre Empfindungen.

„Vielleicht will er das Buch alleine veröffentlichen
und sich damit einen grossen Namen und Gewinn
machen!"

„Eine Möglichkeit!"

„Seht Ihr noch andere?"

„Zum Beispiel, dass er der Mörder von Oleg ist!",
platzte Simone heraus. „Geheimdienstleute von der-
selben Sorte bringen sich nur in absoluten Notlagen
untereinander selbst um. Ich sehe beim fast hundert-
jährigen Oleg überhaupt keine solche Notlage, zu-
mal der Anfang seiner Geschichte zweihundert Jahre
alt ist!"

„Wer und was ist denn Jury wirklich? Fragen wir ihn
doch beim Grab von Oleg!"

Ausserhalb der Mauern des Klosters Nowodje-
witschi befindet sich der sogenannte Ehrenfriedhof,
auf dem viele wichtige und bekannte Persönlichkei-
ten Russlands liegen. Dieser Friedhof ist sehr weit-
läufig und wurde schon im Jahre 1898 angelegt. Am
Eingang kann man auf Lageplänen die Standorte der
wichtigsten Grabstätten sehen, darunter natürlich
kein Grab für Oleg Russki. Aber immerhin wartete
dort Jury auf die Besucher aus der Schweiz und
Frankreich.

„Kommt mit mir!", flüsterte er, allerdings fast im
Befehlston.

Schweigend und bedrückt schritten sie die langen
Wege ab, vorbei an prunkvollen Grabstätten, die
halben Kirchen glichen, vorbei auch an verlotterten
und von Gras und Unkraut überwucherten Stätten,
für die niemand mehr sorgte.

„Unglaublich, wie schnell ein Mensch, und sei er
noch so berühmt gewesen, völlig vergessen ist! Was
sind wir alle in der Geschichte der Menschheit? Nur
ein unbedeutendes Staubkorn! Ohne Religion und
die Vorstellung, dass es in einer anderen Dimension
weitergehen soll, ist das Leben eigentlich erbärm-
lich. Und doch streben Unzählige bis zuletzt nach
Geld, Ruhm, Ehre und Macht!"

„Wer predigt denn hier schon wieder?", fragte Ellen.

„Natürlich, mein Siegfried. Du, wir müssen uns künftig viel mehr über solche Dinge unterhalten! Ja, ich meine das allen Ernstes!"

Endlich erreichten sie eine eigentlich ganz bescheidene Grabstätte und konnten die Namen nicht mal recht entziffern, denn es war alles in kyrillischer Schrift eingraviert in einen ziemlich dunklen Stein, der auch von der Witterung ziemlich mitgenommen aussah.

„Schon ein Grabstein hier, obschon Oleg erst vor wenigen Wochen verstorben ist? Wie ist denn das möglich?", fragte misstrauisch Ellen.

„Der Stein ist doch schon für seine Frau gesetzt worden! Sein Name wird nachträglich eingeritzt oder ist schon eingeritzt worden!", reagierte Siegfried etwas unwirsch.

„Die Schrift sieht überall gleich neu und gleich alt aus! Sind wir hier überhaupt am rechten Ort?", meinte Simone und wollte mit ihrem Handy ein paar Fotos schiessen.

„Fotografieren ist hier verboten!", meinte Jury ziemlich scharf. „Ich suche nun das Manuskript, das ich, um es vor Feuchtigkeit zu schützen, hier vergraben habe!" Er kramte in einer alten Tasche, der er immer unter seinen Arm geklemmt hielt, wie die beiden Paare vermuteten, nach einer Art kleinem Spaten. Hervor aber zog er plötzlich eine Handgranate und hielt sie triumphierend in der Hand.

„So, Herrschaften! Hier werden ab und zu alte Grabmäler gesprengt, um neuen Platz zu machen! Das wird dann auch hier die offizielle Leseart sein. Der alte Oleg Russki war ein seniler Greis, der in einer anderen Welt lebte, eben in Paris, der Sorbonne und des Louvre, in Belgrad bei den Partisanen Titos. Warum kam er dann wohl nach Moskau? Wegen einer schönen jungen Russin, die ihm den Kopf verdrehte. Er war lange Jahre eine ganz kleine Nummer im KGB, lebte nur für seine alten Geschichten und meinte, damit eines Tages zu grossem Ruhm zu gelangen.

Als ich im Besitz aller seiner Unterlagen war, habe ich ihn beseitigt. Ich werde das Buch nach meiner Schreibweise herausgeben, und zwar zum Ruhme Russlands und zur Lächerlichkeit Frankreichs ja ganz Westeuropas. Damit Ihr mich dabei nicht stört, guckt noch einmal in die Sonne, denn es wird für euch bald ewige Nacht sein. Adieu, Ihr westlichen Dummköpfe! Endlich kann ich mich auch an euch rächen. Die fingierte Todesanzeige war von mir. Für euch werde ich aber bestimmt keine verfassen.

Dann schleuderte Jury die Handgranate auf die vier etwa zehn Meter von ihm entfernt stehenden Begleiter. Was er allerdings nicht bedachte, war, dass Siegfried als Offizier in der Schweizer Milizarmee bis zum Umfallen geübt hatte, beim Wurf einer Handgranate abzuschätzen, ob man diese noch zurückwerfen konnte oder besser sofort Deckung nehmen sollte. Das Ding kam ihm sogar im Flug ziemlich bekannt vor. Vielleicht war es sogar „Made in Switzerland"? Es werden ja in der Schweiz so viele Handgranaten hergestellt, dass diese auf Umwegen in jedem Konflikt- oder Kriegsgebiet der Erde auftreten, wie letzlich sogar in Syrien!

„Wie löst er das Ding aus?", schoss es Hermann durch den Kopf. „Sicher nicht ferngesteuert oder mit einem Handy. Das würde viel zu lange dauern. Also weg mit dem Satansding, und zwar wieder in seine Richtung!" Die Granate noch in der Luft an einer Art kurzem Griff fassend schmiss er sie in einem schnellen Reflex zurück. Dazu schrie er den Dreien zu: „Sofort in Deckung hinter der kleinen Mauer und flach auf den Boden werfen!"

Auch noch in der Luft, aber nur noch einen Meter über Jury, explodierte das Geschoss mit einen relativ kurzen und lauten Knall, und hundert Einzelteile fielen brennend auf Jury nieder, der tierisch aufheulte, wohl vor Wut und Schmerz!

Dann war es lange Zeit ruhig, absolut ruhig, wie es sich eigentlich auf einem Friedhof geziemt.

Völlig entsetzt blickten sich die vier an und entfernten von sich kleine Steine und Erdklumpen, die überall herumgeschleudert worden waren. Sie stellten zur grossen Erleichterung fest, dass niemand ernstlich verletzt war. Nur ein paar oberflächliche Kratzer und Schrammen gab es. Plötzlich zuckten sie zusammen, denn Jury heulte auf wie ein verwundetes Tier.

„Lebt der Dreckskerl also noch!", zischte Siegfried in einer unbändigen Wut. „Bleibt hier liegen. Ich gehe allein zu ihm, um zu sehen, wie verwundet er ist. Wir müssen uns vor diesem Sauhund in Acht nehmen. Aber wie Ihr wisst, ich habe in Judo immer noch den Schwarzen Gürtel!"

Äusserst vorsichtig schlich er sich an Jury heran, der blutüberströmt am Boden lag und sich in Schmerzen wand. Irgend ein herabfallender Splitter hatte seine Halsschlagader verletzt, und das Blut schoss aus der Wunde wie eine kleine Fontäne.

„Nun, wenn du weiterhin so blutest, ist der Lebenssaft bald aus dir gewichen, und du kannst dich zu deinen Hundesöhnen in der Hölle versammeln. Eventuell hier nach den Ursachen des Knalls Fragenden sagen wir einfach, dass irgend so ein tschetschenischer Einfallspinsel erneut Sehnsucht nach den Jungfrauen an den ewigen Wasserbrunnen hatte. Wir hätten unwahrscheinliches Glück gehabt, ausser ein paar Kratzern nicht verwundet zu werden. Hier in dieser abgelegenen Ecke des Friedhofes hörte zur mittäglichen Stunde wohl kaum jemand von der Explosion einer Handgranate. Wo sind jetzt die Unterlagen von Oleg Russki?"

„In meinem Kopf, du westlicher Idiot. Und dort nützen sie dir nichts!"

„Dann mache dich auf deine letzte Reise. Leider haben wir keine Notfallapotheke dabei, um dir mit Schmerzmitteln für die nächste halbe Stunde die Höllenqualen deines Ablebens zu erleichtern. Allah weiss es, und du hast es verdient, du verbohrter alter Kommunist. Ja, der Westen ist schlecht, und der Osten gut! So einfach ist die Welt!"

„Ich bin weder Christ noch Moslem!"

„Nein, du bist einfach ein erbärmliches Scheusal! Also, wo hast du Olegs Aufzeichnungen versteckt?"

„Dort, wo sie hingehören, nämlich in den Abfalleimer. Wer interessiert sich denn heute noch für so einen Scheiss?"

„Vielleicht Leute mit etwas mehr Hirnmasse als der deinen! Aber wir brauchen diese Papiere nicht. Das Wichtigste haben wir im Kopf, und viele Details sind unerheblich. Hast du schon den Geheimdienst auf uns angesetzt?"

„Aha, endlich zeigt sich auch bei dir etwas Angst, du hochnäsiger westlicher Übermensch! Ja, Ihr werdet ordentlich durch die Mangel gedreht werden. Wünsche dazu viel Vergnügen!", krächzte Jury, ehe er durch den starken Blutverlust bewusstlos wurde.

„Kommt, Freunde, wir wollen so schnell wie möglich in ein anderes Hotel und dann von dort die Rückreise vorbereiten!", rief Siegfried seinen Begleitern zu. „Der janusköpfige Kerl ist bewusstlos geworden und wird hier wohl sterben. Er hat den Tod verdient, der doppelzüngige Schweinehund!"

„Jury ist zwar ein Hundsfott, aber nicht ausschliesslich selber an allem schuld. Er blieb einfach bei gewissen Punkten der Geschichte stehen, verbohrte und vergrub sich darin, bis ein Hass ohnegleichen heranwuchs, der ihn total vergiftete. Ein Jammer!", orakelte Simone.

„Ja, aber bleiben nicht viele Menschen an gewissen Punkten der Geschichte oder zumindest des Erlebten stehen und versteifen sich in selbst gemachten Meinungen? Dabei ist wohl jede Geschichtsschreibung von vorneherein etwas gefärbt und auf die persönliche Auffassung des Historikers zurechtgebogen. Eine völlig neutrale Betrachtungsweise gibt es wohl kaum!", antwortete ihr Partner Nicole.

Ellen, die sich wieder etwas gefasst hatte, meinte dazu noch: „Wie recht Ihr habt! Man sieht das nahezu bei jedem Menschen, ob das sein persönliches Erleben betrifft oder die ganze grosse Weltgeschichte. Soll ich euch ein Beispiel nennen? Sogar mein Siegfried meint, dass die Schweiz das beste Land der Welt ist!" Sie wollte mit diesem Scherz von der Tragik etwas ablenken.

„Ja, weißt du warum, meine Göttergattin? Nur darum, weil du eine Schweizerin bist!"

„Und, wenn ich in Südafrika geboren wäre, hättest du mich dann nicht als Frau genommen?"

„Aber natürlich, weil dort die Frauen den Männern noch gehorchen!"

„Macho! Doch nun kommt, bevor es hier von Leuten wimmelt!"

26

„Ist überhaupt sehr eigenartig! Sagt mir mal, warum nach der Explosion niemand vom Kloster als auch vom Geheimdienst aufkreuzte, Fragen stellte, uns zum Verhör abführte und wir die ganze Zeit allein blieben? Das ist doch oberkomisch."

„Vermutlich hat selbst heute der Geheimdienst wichtigeres zu tun, als ein paar Touristen mit Dachschaden aufzugreifen, die nach Käufern für alte Goldmünzen suchen", konstatierte Nicole.

„Es ist doch seltsam. Gerade seit den Anschlägen von Tschetschenen in Moskau sind die Sicherheitsbehörden hier doch hellwach, und jede Explosion ruft sie gewiss sofort auf den Plan!", meinte Simone.

„Ja, aber die Klosterinsassen haben vielleicht nichts davon gehört. Wisst Ihr um die Dicke solcher alter Mauern bei Burgen, Kirchen und Klöstern? Wir waren auch ziemlich abseits in diesem grossen Friedhof und sahen dort die ganze Zeit auch keinen einzigen weiteren Besucher. Der Ruhm eines Menschen verblasst sehr schnell, wenn er mal begraben ist! Doch das Leben geht weiter und vergisst bald auch die berühmten Toten!", ergänzte Ellen.

Verblüfft nahm man im Hotel Kenntnis, dass sie bereits wieder auschecken wollten und am Flughafen im dortigen Hotel auf einen Heimflug warten würden.

„Das können Sie auch von hier aus. Bei uns ist es angenehmer. Berechnen müssen wir Ihnen sowieso den ganzen Tag und die Nacht! Warum haben Sie auch eine solche Eile?"

„Heimweh! Sie als Russe müssen das doch begreifen!"

„Nein, das begreife ich nicht!", brummte der Chef der Rezeption. „Hat Sie dieser Jury verärgert? Dann nehmen Sie das nicht tragisch. Er ist allseits bekannt als komische Nummer!"

„Und als Mitarbeiter des Geheimdienstes?"

„Hahaha, Jury ein Geheimdienstmann. Es sind dort gewiss viele Idioten tätig, aber nicht solche von der Art eines Jury. Wenn der beim Geheimdienst ist, dann bin ich der Bruder des Präsidenten! Kommen Sie, ich lade Sie ein zu einem Gläschen Wodka. Bleiben Sie doch in unserem schönen Haus bis zu Ihrer Abreise!"

„Kennen Sie einen Oleg Russki?"

„Nein, nie gehört! Wer und was soll das sein?"

„Ein bald Hundertjähriger, den wir bei unserem letzten Besuch kennenlernen konnten. Ein wirkliches Original, ein Numismatiker und ehemaliger Geheimdienstmann. Er ist vor wenigen Tagen verstorben oder ist umgebracht worden!"

„Nun, umgebracht werden hier täglich viele Leute. Ich habe noch nie diesen alten Mann bewusst gesehen und noch von ihm gehört. Jury hat Ihnen diesen Kontakt vermittelt? Nun, das kann schon sein, dass der Mann früher beim KGB war. Doch vermutlich nur eine ganz kleine Nummer! Schmiere stehen, Abhören usw."

„Jury berichtete uns von Olegs vermutlich gewaltsamen Tod und lockte uns auf den Ehrenfriedhof, wo er begraben sein solle. Dort zeigte er uns seine wahre Fratze und warf eine Handgranate auf uns, die ich aber vor der Explosion auf ihn zurückgeschleudert habe. Und dort liegt er jetzt wohl tot herum!"

„Nun, solche Leichen werden meist diskret entsorgt, und man spricht nicht mehr darüber. Sehen Sic, wenn er ein offizielles Mitglied des Geheimdienstes wäre, so sässen Sie jetzt nicht hier an der Bar, sondern in einer Verhörzelle. War er aber nur ein kleiner Wasserträger, kennt ihn in solchen Situationen natürlich niemand. Ich weiss schon, Jury wollte immer grosse Geschichten erleben und schreiben, und dadurch natürlich berühmt und reich werden. Nur dachte er dazu in etwas zu alten und in zu kleinen Kreisen! Die grosse Welt mit ihren vielen Abgründen tat sich für ihn nie auf! Wenn sich innerhalb der nächsten Stunden nichts tut, können Sie heute Nacht in Moskau ruhig schlafen und morgen gemütlich nach Hause reisen. Noch einen Wodka?"

„Ja, gerne! Nach diesen tröstlichen Einschätzungen!"

„Um was ging es denn bei dieser Geschichte, durch die er berühmt werden wollte?"

„Um Goldmünzen, die ein kleines Depot Gift in sich trugen und etwas vor der Zeit geprägt wurden, als Napoleon in Moskau war!"

„Wen interessiert das denn heute noch ausser ein paar geschichtsverrückten Leutchen?"

„Ja, wen?"

„Vielleicht, wenn der französische und russische Präsident sich eines Tages irgendwo zusammenfinden und sich die Münzen als kleines Geschenk aus der alten Zeit überreichen würden! Würde das Gift immer noch wirken?"

„Nach so langer Zeit?"

„Man könnte es ja an den beiden genannten Herren ausprobieren! Sie tun doch auch sonst alles fürs Vaterland!"

„Wohl eben eher für Macht und Geld!"

„Eben!"

27

Das wirklich Kuriose sind einfach die vielschichtigen, doppelbödigen Menschen, die es immer und überall gibt. Wären diese doch einfach nur Schauspieler in einem guten oder schlechten Stück, nach dem man aufatmen kann, wenn der Vorhand fällt. Aber oft ist das Theater echt und verletzt viele aufs Tiefste.

„Lasst uns nie in den Abgrund fallen, Freunde, selbst wenn eine Geschichte mal wie ein Fass ohne Boden ist. Hier, behaltet als Andenken fünf Goldstücke aus Russland, die wohl gar nie dort waren. Und behaltet uns in guter Erinnerung, oder noch besser, in echter Freundschaft!", meinte Siegfried fast feierlich zu Nicole und Simone Bouganville. „Wer schreibt jetzt darüber ein Buch?"

„Das doch nicht gekauft und gelesen wird?", lachte Simone.

„Aber du mit deinen Verbindungen zur Sorbonne und zu halb Paris!", ermunterte sie Ellen. „Versuch es doch mal! Einfach interessant schreiben!"

„Ja, und alles dem Zufall überlassen?"

„Gewiss, wie so vieles in der Welt!"

„Wie würde dann deiner Ansicht nach der Titel lauten?"

„Zum Beispiel: ‚Doppelter Boden'! Gute oder schlechte Idee?"

„Schreib erst mal das Buch. Dann sehen wir weiter!"

„Ja, doch der Titel muss zünden bei dem heutigen Überangebot. Sonst geht man in der Masse unter!"

„Gewiss, aber der Inhalt muss ebenfalls zünden, mindestens während der ersten fünfzig Seiten, so dass man sich am nächsten trüben und langweiligen Regentag wieder daran erinnert, noch ein Buch angefangen zu haben!"

„Ich habe für euch auch noch eine interessante Geschichte!", liess sich Ellen vernehmen. „Ich bin schwanger, und das mit 41 Jahren. Das ist heutzutage ja normal!"

„Nein, ist das wahr?", jauchzte Siegfried. Wann ist es dann passiert?"

„Vermutlich bei unserer zweiten Hochzeitsreise kürzlich in Paris. Ich habe nämlich mit keinem anderen Mann geschlafen!"

„Jetzt warten wir auf das grösste Goldstück", riefen alle glücklich durcheinander!

Weitere Bücher von F.U. Ricardo bei Books on Demand

Altwerden braucht Mut
ISBN 978-3-8482-3277-2, Paperback, 196 Seiten

Bedeutungsloses Sein? Scheinwelten?
ISBN 978-3-8482-5145-2, Paperback, 212 Seiten

Brot und Salz – Die Kerze
ISBN 978-3-8423-8366-1, Paperback, 300 Seiten

Der etwas andere Jakobsweg
ISBN 978-3-8482-1437-2, Paperback, 152 Seiten

Der Raub des Luzerner Mädchens
ISBN 978-3-8370-3802-6, Paperback, 164 Seiten

Die mystische Zahl Sieben
ISBN 978-3-8391-8774-6, Paperback, 200 Seiten

Drei Welten – drei Leben
ISBN 978-3-8370-9983-6, Paperback, 220 Seiten

Eifersucht / Dramen am Weissfluhjoch und am Tafelberg
ISBN: 978-3-8423-8128-5, Paperback, 371 Seiten

Einsame Spitze – an der Spitze einsam
ISBN 978-3-8423-3777-0, Paperback, 172 Seiten

Geld stinkt nicht – Brot und Spiele
ISBN 978-3-8448-1651-8, Paperback, 312 Seiten

Grosser kleiner Mann? – Kleiner grosser Mann
ISBN 978-3-8391-5212-6, Paperback, 180 Seiten

Kannibalen
ISBN 978-3-8482-6758-3, Paperback, 208 Seiten

Leuchttürme
ISBN 978-3-8391-1170-3, Paperback, 124 Seiten

Mit Scherz und Schmerz zum Herz
ISBN 978-3-8391-5285-0, Paperback, 168 Seiten